中國語言文字研究輯刊

二一編

許學仁 主編

第 13 冊

齊系文字字根研究（中）

張鵬蕊 著

花木蘭文化事業有限公司

國家圖書館出版品預行編目資料

齊系文字字根研究（中）／張鵬蕊 著 -- 初版 -- 新北市：花
木蘭文化事業有限公司，2021〔民 110〕
目 4+184 面；21×29.7 公分
（中國語言文字研究輯刊 二一編；第 13 冊）
ISBN 978-986-518-666-1（精裝）
1. 春秋戰國時代 2. 古文字學 3. 詞根 4. 研究考訂
802.08   110012606

中國語言文字研究輯刊
二一編　　　第十三冊　　　　　　ISBN：978-986-518-666-1

齊系文字字根研究（中）

作　　者　張鵬蕊
主　　編　許學仁
總 編 輯　杜潔祥
副總編輯　楊嘉樂
編　　輯　許郁翎、張雅淋、潘玟靜　美術編輯　陳逸婷
出　　版　花木蘭文化事業有限公司
發 行 人　高小娟
聯絡地址　235 新北市中和區中安街七二號十三樓
　　　　　電話：02-2923-1455／傳真：02-2923-1452
網　　址　http://www.huamulan.tw 信箱 service@huamulans.com
印　　刷　普羅文化出版廣告事業
初　　版　2021 年 9 月
全書字數　438735 字
定　　價　二一編 18 冊（精裝）　台幣 54,000 元

齊系文字字根研究（中）

張鵬蕊　著

目

次

第二節　物　類

物類字根，即自然界的動物植物等物體的字根字形。物類字根具體可分為 15 類：日部、星部、云部、申部、水部、火部、木部、禾部、中部、土部、獸部、禽部、虫部、魚部、皮部。

一、日　部

119. 日

《說文解字·卷七·日部》：「▓，實也。太陽之精不虧。从口一。象形。凡日之屬皆从日。▓，古文。象形。」甲骨文作▬（合 13312）、◉（合 33704）；金文作◉（史頌簋）、◉（服方尊）；楚系簡帛文字作▬（望 1.2）。羅振玉謂「日體正圓，卜辭中諸形或為多角形，或正方者，非日象如此，由刀筆能為方，不能為圓故也。」〔註 151〕

齊系「日」字承襲甲骨，單字與偏旁字形相同，字形中間或省略點形作〇（齊幣 206）；或變為橫畫作⊜（齊幣 197）；或變為豎畫作Ⓤ（璽考 67 頁）。「日」字與偏旁「〇」字字形相近，詳見「〇」字字根。

單　字						
日/集成 08.4190	日/集成 09.4644	日/齊幣 431	日/齊幣 29	日/齊幣 09	日/齊幣 92	日/齊幣 69
日/齊幣 93	日/齊幣 205	日/齊幣 206	日/齊幣 197	日/齊幣 207	日/璽考 67 頁	日/陶錄 3.41.2
日/陶錄 3.619.1	日/陶錄 3.619.3	日/陶錄 3.619.2	日/貨系 2569	日/貨系 2633	日/貨系 2514	日/古研 29.396
日/古研 29.310	日/古研 29.310	日/古研 29.395	日/考古 1973.1	日/考古 1973.1	日/後李九 3	日/後李九 2

〔註 151〕羅振玉：《增訂殷虛書契考釋》卷中，頁 5。

偏 旁					
辟/集成 01.276	辟/集成 01.285	辟/集成 18.12107	㫃（吳）/ 陶錄 3.295.1	㫃（吳）/ 陶錄 3.580.3	㫃（吳）/ 陶錄 3.491.3	㫃（吳）/ 陶錄 3.654.4
㫃（吳）/ 集成 17.11018	㫃（吳）/ 集成 17.11079	㫃（吳）/ 集成 17.11123	暊/璽彙 3513	暊/璽彙 0344	夏/集成 01.173	夏/集成 01.174
夏/集成 16.10006	夏/集成 01.276	夏/集成 01.285	夏/集成 01.175	夏/集成 01.172	夏/璽彙 0266	夏/陶錄 2.653.4
夏/陶錄 3.531.6	夏/璽考 301頁	顯/集成 01.283	顯/集成 01.285	顯/集成 01.92	顯/集成 01.276	顯/集成 01.277
顯/集成 01.277	顯/集成 01.285	顯/集成 01.285	顯/古研 29.310	�易/陶彙 3.1325	昌/集成 17.10998	昌/集成 17.11211
昌/陶錄 2.604.1	昌/陶錄 3.542.2	昌/陶錄 2.604.1	昌/陶錄 2.758.1	昌/陶錄 2.6.1	昌/陶錄 2.5.4	昌/陶錄 2.288.3
昌/陶錄 2.52.1	昌/陶錄 2.304.3	昌/陶錄 2.387.3	昌/陶錄 2.387.4	昌/齊幣 120	昌/齊幣 123	昌/齊幣 48
昌/齊幣 9	昌/齊幣 11	昌/齊幣 121	昌/齊幣 124	昌/貨系 2538	昌/貨系 2504	昌/貨系 2643
昌/貨系 2505	昌/貨系 2570	昌/貨系 2571	昌/貨系 2637	昌/收藏家 2011.11.25	昌/璽彙 0301	昌/璽考 42頁
唐（啺）/璽 彙3142	唐（啺）/璽 彙3697	唐（啺）/璽 彙0147	嘻/陶錄 2.261.4	嘻/陶錄 2.181.1	嘻/陶錄 2.181.2	嘻/陶錄 2.261.3

散/璽考 49頁	揚/古研 29.311	揚/古研 29.310	揚/集成 01.102	揚/集成 01.92	揚/中新網 2012.8.11	揚/中新網 2012.8.11
揚（嫐）/ 集成 09.4649	揚（嫐）/ 集成 01.273	揚（嫐）/ 集成 01.285	揚（嫐）/ 集成 09.4649	怣/陶錄 3.402.6	怣/陶錄 3.403.1	怣/陶錄 3.404.4
怣/陶錄 3.404.5	怣/陶錄 3.403.3	怣/陶錄 3.403.4	怣/陶錄 3.404.2	怣/陶錄 3.403.2	恂/陶錄 3.340.1	恂/陶錄 3.340.2
恂/陶錄 3.340.5	恂/陶錄 3.341.2	恂/陶錄 3.340.3	恂/陶錄 3.340.6	湯/璽彙 3518	惕/古研 29.395	惕/古研 29.396
蕩/集成 09.4649	悍/陶錄 2.219.3	悍/陶錄 2.117.1	悍/陶錄 2.15.5	惻/集成 17.10958	退/集成 16.10374	逿（遏）/ 璽彙 4012
逿（遏）/ 陶錄 3.460.3	明/新典 106	明/新典 106	明/齊幣 395	明/齊幣 418	明/齊幣 381	明/齊幣 419
明/齊幣 382	明/齊幣 387	明/齊幣 388	明/齊幣 383	明/齊幣 386	明/貨系 1135	明/貨系 3786
明/貨系 3800	明/中國錢 幣 1990.3	明/考古 1973.1	旬/集成 15.9733	旬/陶錄 3.622.2	旬/陶錄 3.42.1	旬/陶錄 3.42.2
鈞/集成 16.10374	絢/新收 1076	淳/集成 09.4648	淳/集成 09.4649	淳/陶錄 3.194.5	淳/陶錄 3.194.4	淳/陶錄 3.586.1
淳/陶錄 2.565.1	淳/陶錄 2.567.1	淳/陶錄 3.191.3	淳/陶錄 3.192.1	淳/陶錄 2.412.4	淳/陶錄 2.568.3	淳/陶錄 2.669.4

淖/陶錄 2.672.1	淖/陶錄 2.686.1	淖/陶錄 3.191.1	淖/陶錄 3.193.5	淖/陶錄 3.191.5	淖/陶錄 3.191.2
淖/陶錄 3.191.4					
淖/陶錄 3.191.3	淖/陶錄 3.193.1	淖/陶錄 3.192.6	淖/陶錄 3.193.2	淖/陶錄 3.190.5	淖/陶錄 3.190.6
淖/陶錄 3.191.6					
淖/陶錄 3.194.1	淖/陶錄 3.194.2	淖/陶錄 3.646.1	淖/陶錄 2.410.1	淖/陶錄 2.410.3	淖/陶錄 2.410.3
淖/陶錄 2.411.3					
淖/陶錄 3.194.3	淖/山東 103頁	淖/山東 103頁	淖/山東 103頁	淖/山東 103頁	淖/歷博 45.31
淖/集錄004					
潘/集成 01.285	潘/銘文選 848	昔（薔）/ 陶錄 2.393.4	昔（薔）/ 陶錄 2.394.2	昔（薔）/ 陶錄 2.394.1	昔（薔）/ 陶錄 2.394.3
昔（薔）/ 陶錄 2.393.3					
慎（昚）/ 集成 01.285	慎（昚）/ 集成 01.245	慎（昚）/ 集成 01.273	旃/璽彙 3691	寮/集成 01.274	寮/集成 01.285
寮/集成 01.285					
寮/集成 01.273	楊/陶錄 2.260.1	楊/陶錄 2.259.1	楊/陶錄 2.259.4	桿/集成 16.10374	易/貨系 2658
易/貨系 3797					
易/貨系 2507	易/集成 17.11260	易/集成 15.9975	易/集成 17.10918	易/璽彙 1145	易/璽彙 0155
易/璽彙 0198					
易/璽彙 0286	易/璽彙 338	易/璽彙 0062	易/璽彙 0291	易/璽考 67頁	易/璽考 49頁
易/璽考 41頁					
易/陶錄 2.259.2	易/陶錄 2.166.2	易/陶錄 2.260.2	易/陶錄 2.262.2	易/陶錄 2.263.1	易/陶錄 2.166.1
易/陶錄 2.262.1					

易/陶錄 2.262.3	易/陶錄 2.263.2	易/陶錄 2.263.3	易/陶錄 2.263.4	易/陶錄 2.674.2	易/陶錄 2.259.3	易/陶錄 2.53.1
易/陶錄 2.34.1	易/齊幣 110	易/齊幣 280	易/齊幣 147	易/齊幣 281	易/齊幣 282	易/齊幣 149
易/齊幣 148	易/齊幣 092	易/齊幣 108	易/齊幣 098	易/齊幣 101	易/齊幣 102	易/齊幣 083
易/齊幣 084	易/齊幣 085	易/齊幣 087	易/齊幣 088	易/齊幣 111	易/齊幣 086	易/齊幣 099
易/齊幣 100	易/齊幣 106	易/齊幣 093	易/山大 10	易/山大 13	易/陶彙 3.19	陽（壃）/ 尋繹 63 頁
陽（壃）/ 集成 17.11156	陽（壃）/ 集錄 1138	陽（陽）/ 集成 17.11155	陽（陽）/ 集成 17.11154	陽/集成 18.11471	陽/集成 17.11017	陽/集成 17.10945
陽/集成 09.4445	陽/集成 09.4443	陽/集成 09.4443	陽/集成 09.4442	陽/集成 09.4444	陽/集成 18.11581	陽/新收 1498
錫/璽彙 3921	寫/古研 29.310	糧/國史1金 1.13	莫/璽考 42 頁	莫/陶錄 2.665.2	昱/集成 09.4644	期（旮）/ 璽彙 0655
期（旮）/ 璽彙 0250	期（旮）/ 璽彙 1952	期（旮）/ 陶錄 3.207.4	期（旮）/ 陶錄 2.238.4	期（旮）/ 陶錄 3.206.6	期（旮）/ 陶錄 3.202.1	期（旮）/ 陶錄 3.204.5
期（旮）/ 陶錄 3.204.4	期（旮）/ 陶錄 3.206.3	期（碁）/ 陶錄 3.205.2	期（碁）/ 陶錄 3.205.3	期（碁）/ 陶錄 3.213.3	期（碁）/ 陶錄 3.206.5	期（碁）/ 陶錄 3.204.1

期（萁）/ 陶錄 3.207.3	期（萁）/ 集成 15.9730	期（萁）/ 集成 15.9659	期（萁）/ 集成 16.10163	期（萁）/ 集成 16.10282	期（萁）/ 集成 15.9729
期（萁）/ 集成 15.9704	期（萁）/ 集成 09.4642	期（萁）/ 集成 16.10280	期（萁）/ 集成 09.4645	期（萁）/ 集成 15.9730	期（萁）/ 山東 675頁
期（萁）/ 新收 1043	期（萁）/ 歷文 2009.2.51	晨/陶錄 3.182.2	晨/陶錄 3.633.5	晨/陶錄 3.181.5	晨/陶錄 3.181.6
晨/陶錄 3.182.3	晨/陶錄 3.183.4	彌/集成 01.271	彌/集成 01.271	昉/璽彙 0248	昉/璽彙 1951
昉/山璽 005	晉/山東 770頁	晉/新收 1029	晉/集成 17.10979	晉/陶錄 3.41.3	舃/陶錄 2.621.3
舃/陶錄 2.620.2	舃/陶錄 2.622.2	舃/陶錄 2.622.3	舃/陶錄 2.624.4		
合　文					
弍日/集成 16.10361	弍日/陶錄 3.658	弍日/陶錄 2.312			

120. 旦

《說文解字・卷七・旦部》：「旦，明也。从日見一上。一，地也。凡旦之屬皆从旦。」甲骨文作 （合 29773）、 （合 29373）、 （合 29779）；金文作 （諫簋）；楚系簡帛文字作 （包 2.90）。吳大澂謂「象日初出未離於土也。」〔註152〕張世超等謂「蓋日始出而尚未全離於水面或地平線之際，往往其下呈綴連之日影，金文作 正象其意。」〔註153〕

　　齊系「旦」字承襲甲骨，字形中的日影之形變為「一」形。

〔註152〕清・吳大澂：《說文古籀補》，頁 38。
〔註153〕張世超、孫凌安、金國泰、馬如森：《金文形義通解》，頁 1660。

單 字						
旦/陶錄 2.320.2	旦/陶錄 2.320.4	旦/陶錄 2.321.2	旦/陶錄 2.757.3	旦/陶錄 2.673.1	旦/齊幣 351	旦/齊幣 357
偏 旁						
疸/三代 18.22.2	怛/集成 18.11259	怛/新泰 12	怛/新泰 14	怛/新泰 15	怛/新泰 16	怛/山大 11

121. 臭

《說文解字·卷七·白部》：「，際見之白也。从白，上下小見。」甲骨文作臭（合 33871）。用作偏旁時，金文作（虢/毛公鼎）。于省吾謂「臭之本形象日光四射，後世假灼爍為之，容光必照，故臭之引申義為隙孔、空閒。」〔註154〕

齊系「臭」字承襲甲骨字形，與金文偏旁字形相同。

單 字				
臭/璽考 45 頁	臭/璽彙 0282			
重 文				
虢/集成 01.285	虢/集成 01.275			

二、星　部

122. 晶

《說文解字·卷七·晶部》：「，精光也。从三日。凡晶之屬皆从晶。」甲骨作（合 31182）、（合 11503）；楚系簡帛文字作（曾.122）。徐灝謂「即星之象形文，故曑晨字从之。古文作二形，因其形略，故又从生

〔註154〕于省吾：《雙劍誃殷契騈枝全編》（臺北：藝文印書館，1971 年），頁 35。

聲。」〔註155〕

齊系「晶」字偏旁字形承襲甲骨，字形中的三個「星」形並列。

偏　旁						
嬗/集成 16.10147	嬗/集成 07.3816					

123. 參

《說文解字・卷一・三部》：「▨，天地人之道也。从三數。凡三之屬皆從三。▨，古文三从弋。」金文作▨（葡參父乙盉）、▨（毛公鼎）、▨（魚鼎匕）；楚系簡帛文字作▨（郭.語3.67）、▨（上2.子.13）。朱芳圃謂「象參宿三星在人頭上，光芒下射之形。或省人，義同。」〔註156〕季旭昇師謂「象參星在人頭上……故三『日』形或『○』形中有三畫相連，以示與『晶』字不同。」〔註157〕

齊系「參」字與金文▨、▨形相似，字形中的人形訛變作▨（陶錄3.224.6）；或光芒下射之形訛變為三橫畫作▨（陶錄2.10.4）。

單　字						
參/新收 1080	參/璽彙 3638	參/璽彙 3752	參/璽彙 3638	參/陶錄 2.3.1	參/陶錄 2.3.2	參/陶錄 2.3.3
參/陶錄 2.3.4	參/陶錄 2.10.4	參/陶錄 3.226.2	參/陶錄 3.224.6	參/陶錄 3.226.1	參/陶錄 3.224.1	參/陶錄 3.224.2
參/陶錄 3.226.4	參/璽考 41頁	參/新泰 8	參/新泰 5	參/新泰 6	參/新泰 7	參/山大 10

124. 月

《說文解字・卷七・月部》：「▨，闕也。大陰之精。象形。凡月之屬皆從

〔註155〕清・徐灝：《說文解字注箋》卷七上，頁40。

〔註156〕朱芳圃：《殷周文字釋叢》，頁37～38。

〔註157〕季旭昇師：《說文新證》，頁547。

月。」甲骨文作（合 19785）、（合 37429）；金文作（頌鼎）；楚系簡帛文字作（包 2.40）。「月」中加小筆，或者是「趁隙加筆」的飾筆，或是為了與「夕」字區別。

齊系「月」字與金文形相同，單字與偏旁字形相同。「月」字的特殊字形如下：

1. 「月」與「肉」字形相近不易區分，詳見「肉」字字根。

2. 「月」與「夕」字形相近較難分別，姚孝遂謂「在時代相同、或書寫者相同的情況下，當月作）時，則夕作）；反之，當月作）時，則夕）作，這兩個形體是相對的。」〔註158〕齊系「月」字作）形，「夕」字作）形。

3. 「朔」字中，「屰」與「月」字共筆，作（陶錄 3.291.5）、（陶錄 3.229.5）。

單　字						
月/集成 07.4096	月/集成 09.4630	月/集成 09.4649	月/集成 16.10371	月/集成 01.150	月/集成 01.89	月/集成 01.88
月/集成 16.10374	月/集成 01.151	月/集成 01.245	月/集成 01.140	月/集成 05.2732	月/集成 08.4190	月/集成 01.149
月/集成 01.173	月/集成 16.10006	月/集成 16.10151	月/集成 07.3939	月/集成 09.4644	月/集成 09.4623	月/集成 16.10163
月/集成 05.2692	月/集成 09.4620	月/集成 05.2690	月/集成 01.271	月/集成 01.152	月/集成 01.142	月/集成 01.272
月/集成 01.285	月/集成 15.9733	月/集成 15.9709	月/集成 08.4152	月/集成 01.173	月/集成 16.10374	月/集成 15.9700
月/集成 16.10282	月/集成 01.142	月/山東 103 頁	月/山東 104 頁	月/山東 76 頁	月/山東 76 頁	月/山東 103 頁

〔註158〕于省吾：《甲骨文字釋林》，頁 1115。

月/山東 103頁	月/山東 103頁	月/集錄 004	月/陶錄 2.31.1	月/陶錄 2.31.2	月/陶錄 2.31.3	月/新收 1074
月/古研 29.310	月/古研 29.311	月/古研 29.396	月/璽考 60頁	月/璽考 60頁	夕/考古 1973.1	夕/考古 1973.1
月/中新網 2012.8.11						
偏　旁						
夙/集成 17.10822	夙（𠒫）/ 集成 09.4458	夙（𠒫）/ 集成 09.4458	夙（𠒫）/ 集成 01.272	夙（𠒫）/ 集成 01.285	名/集成 01.245	朔/新泰 2
朔/新泰 12	朔/陶錄 3.230.1	朔/陶錄 3.230.2	朔/陶錄 3.230.4	朔/陶錄 3.228.1	朔/陶錄 3.228.2	朔/陶錄 3.228.5
朔/陶錄 3.291.1	朔/陶錄 3.291.2	朔/陶錄 3.291.5	朔/陶錄 3.291.6	朔/陶錄 3.229.6	朔/陶錄 3.292.1	朔/陶錄 3.292.4
朔/陶錄 3.229.2	朔/陶錄 3.229.5	朔/陶錄 3.229.1	朔/陶錄 3.227.5	朔/陶錄 3.227.6	遡/陶錄 3.227.2	遡/陶錄 3.227.3
遡/陶錄 3.227.1	遡/陶錄 3.227.4	朔/陶錄 3.230.3	朏/陶錄 2.218.2	明/齊幣 418	明/齊幣 386	明/考古 1973.1
膃/陶錄 2.414.1	膃/陶錄 2.416.1	膃/陶錄 2.414.4	膃/陶錄 2.670.1	膃/後李四 2	㐌/新泰 18	㐌/新泰 17
閒/璽彙 0650	夤/陶錄 2.540.3	夤/陶錄 2.541.1	夤/陶錄 2.541.2	夤/陶錄 2.542.2	閒/璽彙 3545	夤/後李三 3

外/集成 01.274	外/集成 01.277	外/集成 01.284	外/集成 01.285			
合　文						
▨月/集成 18.11259	二月/集成 08.4127					

125. 夕

《說文解字・卷七・夕部》:「▨，莫也。从月半見。凡夕之屬皆从夕。」甲骨文作▨（合 11259）、▨（合 31647）；金文作▨（大盂鼎）、▨（善夫克盨）；楚系簡帛文字作▨（清.耆.12）。林義光謂「象月形」，又謂「夕月初本同字。暮時見月，因謂暮為月，猶畫謂之日，夜晴謂之星也。後分為二音，始於中加一畫為別，而加畫者乃用為本義之月，象月形者反用為引申義之夕。」[註159]

齊系「夕」字承襲甲骨作▨（山東 161 頁），單字與偏旁字形相同。「夕」與「月」字字形相近較難分別，詳見「月」字根。本表姑且以月中無點者放在此處。又，「墨」字下从「勺」為聲，字形與「夕」類似。

單　字						
夕/山東 161 頁						
偏　旁						
夜/集成 01.285	夜/集成 01.272	郊/璽彙 0265	郊/璽彙 2673	墨/璽考 60 頁	墨/陶錄 2.33.2	墨/貨系 2548
墨/貨系 2556	墨/貨系 2569	墨/貨系 2525	墨/錢典 984	墨/錢典 980	墨/齊幣 288	墨/齊幣 287
墨/齊幣 75	墨/齊幣 74	墨/齊幣 82	墨/齊幣 67	墨/齊幣 64	墨/齊幣 65	墨/齊幣 38

〔註159〕林義光:《文源》，頁 70～71。

墨/齊幣 39	墨/齊幣 40	墨/齊幣 48	墨/齊幣 49	墨/齊幣 54	墨/齊幣 53	墨/齊幣 58
墨/齊幣 60	墨/齊幣 62	墨/齊幣 69	墨/齊幣 73	墨/齊幣 66	墨/齊幣 291	墨/先秦編 391
墨/先秦編 391	墨/先秦編 394	墨/先秦編 394	墨/先秦編 391	墨/先秦編 391	墨/先秦編 392	墨/先秦編 391
墨/先秦編 395	墨/先秦編 391	墨/先秦編 391	墨/先秦編 395	夢/陶錄 2.12.3	名/新收 1078	明/中國錢幣 1990.3
明/新典 106	明/新典 106	明/貨系 3786	明/貨系 3800	明/貨系 1135	明/齊幣 382	明/齊幣 387
明/齊幣 388	明/齊幣 383	明/齊幣 419	明/齊幣 381	明/齊幣 395	外/集成 01.285	外/陶錄 2.13.1
外/山大 6	外/集成 16.10374	冊/山東 104 頁				

三、云 部

126. 云

《說文解字·卷十一·雲部》:「⬚，山川气也。从雨，云象雲回轉形。凡雲之屬皆从雲。⬚，古文省雨。⬚，亦古文雲。」甲骨文作⬚（合 21021）、⬚（合 40866）；楚系簡帛文字作⬚（上 7.安乙.9）。李孝定謂「从二象雲氣稠疊形，从ᄃ象雲氣之下垂也。」〔註160〕

齊系偏旁「云」字承襲甲骨，但表示雲氣稠疊的「二」形簡省為「一」形。

〔註160〕李孝定:《甲骨文字集釋》，頁 3463。

偏　旁						
陰/集成 09.4445	陰/集成 09.4443	陰/集成 09.4444	陰/集成 09.4444			

127. 勹

《說文解字・卷九・勹部》:「⬤，徧也。十日爲旬。从勹日。⬤，古文。」甲骨文作⬤（合 06834）；金文作⬤（新邑鼎）、⬤（王孫遺者鐘）；楚系簡帛文字作⬤（包 2.183）、⬤（上 2.容.14）。孫海波謂「蓋云本象雲氣回環之形，旬之本字當从云作。《說文》旬从勹，勹疑云字之訛。云旬聲相近，故可通也。」[註161]季旭昇師謂「蓋甲骨文『旬』字亦假『⬤』字爲之，於是加一橫作『⬤』者爲『勹（旬）』，加『二（上）』作『⬤』者爲『云（雲）』。」[註162]

齊系「勹」字偏旁與金文偏旁字形基本相同。

偏　旁						
鈞/集成 16.10374	恂/陶錄 3.340.2	恂/陶錄 3.340.3	恂/陶錄 3.340.6	恂/陶錄 3.340.1	恂/陶錄 3.340.5	恂/陶錄 3.341.2
旬/集成 15.9733	旬/陶錄 3.42.1	旬/陶錄 3.42.2	旬/陶錄 3.622.2	絇/新收 1076		

128. 气

《說文解字・卷一・气部》:「⬤，雲气也。象形。凡气之屬皆从气。」甲骨文作三（前 7.36.2）；金文作⬤（洹子孟姜壺）、⬤（洹子孟姜壺）；楚系簡帛文字作⬤（清 1.皇.2）。于省吾謂「其三橫畫皆平，而中畫皆稍短，猶以其與三字易挹，故上畫左彎，下畫右彎。」[註163]

齊系「气」字與金文字形相同，有與「三」字形近易訛的字形，例:⬤（集成 12.6511）。

[註161] 孫誠溫輯、孫海波編:《誠齋殷虛文字》（北京:修文堂書局，1940 年）考釋，頁 3。

[註162] 季旭昇師:《說文新證》，頁 819。

[註163] 于省吾:《雙劍誃殷契駢枝》，頁 56。

單 字					
气/集成 15.9730	气/集成 12.6511	气/集成 12.6511	气/集成 15.9729		
偏 旁					
吃/陶錄 3.504.6	訖/陶錄 3.565.1				

四、申 部

129. 申

《說文解字・卷十四・申部》：「（圖），神也。七月，陰气成，體自申束。從臼，自持也。吏臣餔時聽事，申旦政也。凡申之屬皆从申。（圖），古文申。（圖），籀文申。」甲骨文作（圖）（合13052）、（圖）（合37986）；金文作（圖）（矢令方尊）、（圖）（此鼎）；楚系簡帛文字作（圖）（包2.48）、（圖）（上2.容.53）。葉玉森據《說文解字》「虹」字下訓「申」字為「電」，謂「申」字「象電燿屈折之形。」〔註164〕

齊系「申」字與金文（圖）形相同，偶有字形訛變作（圖）（陶錄3.536.5）。

單 字						
申/集成 05.2732	申/集成 05.2690	申/集成 05.2691	申/集成 05.2692	申/陶錄 3.476.5	申/陶錄 3.536.4	申/陶錄 3.536.5
申/中新網 2012.8.11	申/考古 1973.1					
偏 旁						
迪/璽彙 3080	神/集成 08.4190					

〔註164〕葉玉森：《殷虛書契前編集釋》（臺北：藝文印書館，1966年）卷一，頁17。

130. 靁

《說文解字・卷十一・雨部》：「，陰陽薄動靁雨，生物者也。从雨，晶象回轉形。，古文靁。，古文靁。，籀文。靁閒有回；回，靁聲也。」甲骨文作（合 24364）、（合 04006）、（合 13419）；金文作（雷甗）、（洛御事罍）、（盠駒尊）；楚系簡帛文字作（包 2.01）。于省吾謂「从申，申即電之初文。電者靁之形，靁者電之聲。」〔註165〕季旭昇師謂「从申（電之初文），从⊕（輪之初文），會閃電時發出如車輪碾過的聲音。輪形或簡化為菱形、點形、口形。」〔註166〕

齊系「靁」字與金文形相同，單字與偏旁字形相同。

單　字						
 靁/集成 15.9729	 靁/集成 15.9730	 靁/歷博 41.6				
偏　旁						
 騽/後李四 2	 騽/陶錄 2.670.1	 騽/陶錄 2.414.1	 騽/陶錄 2.416.1	 騽/陶錄 2.414.4	 罍/集成 16.10007	 罍/集成 16.10006

131. 雨

《說文解字・卷十一・雨部》：「，水从雲下也。一象天，冂象雲，水霝其閒也。凡雨之屬皆从雨。，古文。」甲骨文作（合 12554）、（合 12622）、（合 38127）；金文作（子雨己鼎）；楚系簡帛文字作（上 1.孔.8）。于省吾謂「一象天，∭象雨滴紛紛下降形，宛然如繪。後來∭字上列三點演變為與橫劃相連接，遂成冊形。」〔註167〕

齊系「雨」字承襲甲骨和金文形。有些偏旁字形的上部增加飾筆橫畫，單字則不加。

〔註165〕于省吾：《甲骨文字釋林》，頁 11。
〔註166〕季旭昇師：《說文新證》，頁 815。
〔註167〕于省吾：《甲骨文字釋林》，頁 118～119。

單　字				
 雨/陶錄 3.319.2	 雨/陶錄 3.319.1			
偏　旁				
 雩/集成 01.285	 雩/集成 01.285	 雩/集成 01.273	 雩/集成 01.276	 雩/璽彙 2185

132. 霝

《說文解字·卷十一·雨部》：「霝，雨零也。从雨，吅吅象零形。《詩》曰：『霝雨其濛。』」甲骨文作 （合 32509）、（合 06198）；金文作 （追簋）；楚系簡帛文字作 （包 2.172）。季旭昇師謂「从雨，吅吅象雨落形。」〔註 168〕

齊系「霝」字承襲甲骨，與金文、楚系文字字形相同。

單　字						
 霝/集成 01.102	 霝/集成 16.10151	 霝/集成 01.276	 霝/集成 01.277	 霝/集成 01.285	 霝/集成 01.140	 霝/陶錄 2.735.2
 霝/陶錄 2.735.3	 霝/陶錄 2.735.4	 霝/陶錄 2.735.5	 霝/遺珍 32 頁	 霝/遺珍 33 頁	 霝/遺珍 65 頁	 霝/國史1金 1.13
偏　旁						
 憲/璽彙 2330	 靁/集成 01.276	 靁/集成 01.278	 靁/集成 01.285	 靁/集成 01.285	 靁/集成 01.285	 靁/集成 01.276
 靁/集成 01.276	 霥/集成 15.9733					

〔註 168〕季旭昇師：《說文新證》，頁 816。

五、水　部

133. 水

《說文解字・卷十一・水部》：「[圖]，準也。北方之行。象眾水並流，中有微陽之气也。凡水之屬皆从水。」甲骨文作[圖]（合 34165）；金文作[圖]（沈子它簋蓋）；楚系簡帛文字作[圖]（上 1.孔.17）。王襄謂「水之中畫為流水之象，兩旁短畫為斷續之支流或其波瀾。」〔註169〕

齊系「水」字承襲甲骨，與楚系字形相同，單字與偏旁字形相同。在「俞」字中，偏旁「水」字形省形作一曲筆撇畫，例：[圖]（集成 09.4566）。

單　字						
水/璽彙 3508	水/陶錄 3.24.6	水/齊幣 453	水/齊幣 452	水/齊幣 444		
偏　旁						
汲/集成 15.9632	渨/陶錄 3.547.6	漢/陶錄 3.493.1	漢/陶錄 3.493.2	浽/集錄 1138	沬/新收 1781	沬/集成 07.4096
沬/集成 01.140	沬/集成 09.4629	沬（䵼）/ 瑯琊網 2012.4.18	沬（䵼）/ 瑯琊網 2012.4.18	沬（䵼）/ 新收 1043	沬（䵼）/ 集成 01.285	沬（䵼）/ 集成 15.9709
沬（䵼）/ 集成 09.4645	沬（䵼）/ 集成 01.277	沬（䵼）/ 集成 16.10163	沬（䵼）/ 集成 16.10361	沬（䵼）/ 集成 16.10280	沬（䵼）/ 集成 16.10318	雠/集成 01.178
雠/集成 01.174	游/集成 01.173	游/集成 01.172	游/集成 01.180	游/集成 01.177	汨/陶錄 3.520.3	汩/陶錄 2.408.1
洛/璽彙 0322	河/集成 15.9733	河/陶錄 3.97.1	河/陶錄 3.96.4	河/陶錄 3.97.5	河/陶錄 3.99.1	河/陶錄 3.96.3

〔註169〕王襄：《古文流變臆說》（上海：龍門聯合書局，1961 年），頁 27。

河/陶錄 3.97.2	河/陶錄 3.99.3	河/陶錄 3.99.4	河/陶錄 3.99.2	河/陶錄 3.98.2	河/陶錄 3.98.3	河/陶錄 3.96.5
河/陶錄 3.98.1	河/陶錄 3.96.1	河/陶錄 3.96.2	河/陶錄 3.97.4	河/陶錄 3.97.6	河/陶錄 3.98.4	洶/陶錄 3.334.4
洶/陶錄 3.334.2	洶/陶錄 3.334.1	洶/陶錄 3.334.3	洶/陶錄 3.334.6	洶/陶錄 3.506.6	洶/陶錄 3.335.4	洶/陶錄 3.335.6
砅/陶錄 3.613.1	沽/陶錄 3.330.4	沽/陶錄 3.330.3	沽/陶錄 3.330.1	沽/陶錄 3.330.2	沽/陶彙 3.785	沽/璽彙 0216
滲/璽彙 3518	漁/陶錄 2.547.4	愈/集成 03.690	愈/集成 16.10115	愈/集成 16.10244	愈/集成 03.692	愈/集成 03.694
盥/新收 1043	盥/集成 16.10163	盥/集成 16.10282	盥/集成 16.10280	盥/集成 15.9733	盥/集成 15.9704	鱜/集成 15.9733
溉/陶錄 3.186.2	溉/陶錄 3.186.1	溉/陶錄 3.186.3	淖/集錄 004	淖/歷博 45.31	淖/山東 103 頁	淖/山東 103 頁
淖/山東 103 頁	淖/山東 103 頁	淖/集成 09.4648	淖/集成 09.4649	淖/陶錄 2.410.3	淖/陶錄 2.411.3	淖/陶錄 3.646.1
淖/陶錄 3.194.2	淖/陶錄 3.194.4	淖/陶錄 3.194.3	淖/陶錄 3.194.5	淖/陶錄 3.586.1	淖/陶錄 2.410.1	淖/陶錄 2.410.3
淖/陶錄 2.565.1	淖/陶錄 2.567.1	淖/陶錄 3.191.3	淖/陶錄 3.192.1	淖/陶錄 2.412.4	淖/陶錄 2.568.3	淖/陶錄 2.669.4

淖/陶錄 2.672.1	淖/陶錄 2.686.1	淖/陶錄 3.191.1	淖/陶錄 3.193.5	淖/陶錄 3.191.5	淖/陶錄 3.191.2	淖/陶錄 3.191.4
淖/陶錄 3.191.3	淖/陶錄 3.193.1	淖/陶錄 3.192.6	淖/陶錄 3.193.2	淖/陶錄 3.190.5	淖/陶錄 3.190.6	淖/陶錄 3.191.6
淖/陶錄 3.194.1	潘/集成 01.285	潘/銘文選 848	洹/集成 15.9730	洹/集成 15.9729	/集成 15.9729	洹/集成 15.9729
洹/集成 15.9730	箇/銘文選 848	箇/集成 01.276	箇/集成 01.276	濼/集成 01.88	濼/集成 01.89	濼/集成 01.179
濼/集成 01.174	濼/集成 01.175	清/璽彙 0156	梁/集成 09.4621	梁/集成 09.4620	澗/陶錄 3.520.1	澗/陶錄 3.520.2
澗/陶彙 3.1021	澗/陶錄 3.350.4	澗/陶錄 3.350.5	澗/陶錄 3.350.6	冰/集成 07.4096	鹽/集成 17.10975	洋/陶彙 3.784
灕/集成 01.285	灕/集成 01.275	灕/山東 104頁	沱/集成 17.11120	淮/陶彙 3.1156	淮/陶錄 3.492.3	濯/集成 17.10978
測/集成 05.2750	波/陶錄 3.273.3	波/陶錄 3.273.1	波/陶錄 3.273.2	湝/璽考 43頁	湏/陶彙 3.646	湏/陶彙 3.645
湏/陶錄 2.23.1	湏/陶錄 2.23.2	湏/璽考 43頁	湏/璽考 44頁	湏/璽考 44頁	濆/璽彙 0259	濆/山璽 16頁
湃/集成 17.11065	漸/歷博 42.12	漸/陶錄 2.164.3	漸/陶錄 2.164.4	漸/陶錄 2.164.1	漸/陶錄 2.164.2	漸/陶錄 2.165.2

俞/遺珍 43頁	俞/山東 672 頁	俞/集成 09.4567	俞/集成 09.4568	俞/集成 07.3989	俞/集成 16.10086	俞/集成 09.4566
俞/集成 01.271	涂/陶錄 3.479.6					
重 文						
雒/集成 01.172	雒/集成 01.172	雒/集成 01.172	沱/集成 16.10280			

134. 乙

《說文解字‧卷十四‧乙部》：「乁，象春艸木冤曲而出，陰气尚彊，其出乙乙也。與丨同意。乙承甲，象人頸。凡乙之屬皆从乙。」甲骨文作 ⟨ （合 26975）；金文作 乁（師酉簋）；楚系簡帛文字作 乁（包 2.41）、乁（望 1.90）。李孝定謂「契文从水諸字類多从⟨若乁，亦與甲乙字全同。因疑甲乙字與許書訓流之⟨實為一字。以乙假為干名遂歧為二字，而別隸之乁⟨部耳。」〔註170〕

齊系「乙」字承襲甲骨，偏旁字形或增加一撇畫飾筆，例：乚（亗/陶彙 3.612）。

單 字						
乙/集成 01.149	乙/集成 01.151	乙/集成 01.152	乙/集成 01.245	乙/集成 09.4644	乙/陶錄 2.138.1	乙/陶錄 2.518.4
乙/陶錄 2.518.3	乙/陶錄 2.527.2	乙/陶錄 2.528.2	乙/陶錄 2.526.1	乙/陶錄 3.474.6	乙/陶錄 2.137.2	乙/陶錄 2.137.3
乙/陶錄 3.41.4	乙/陶錄 3.15.2	乙/陶錄 3.475.1	乙/陶錄 3.476.6	乙/陶錄 3.475.5	乙/陶錄 3.475.6	乙/齊幣 435

〔註170〕李孝定謂：《甲骨文字集釋》，頁 4223。

 乙/齊幣 260	乙/考古 1973.1	 乙/考古 1973.1	 乙/考古 1973.1			
偏　旁						
 罍/陶錄 2.407.3	 罍/陶彙 3.612	 罍/陶彙 3.615	 罍/陶彙 3.616	 罍/璽彙 5678	 罍/陶錄 2.407.1	 �/陶錄 3.624.3

135. 川

《說文解字・卷十一・川部》：「█，貫穿通流水也。《虞書》曰：『濬〈〈，距川。』言深〈〈之水會爲川也。凡川之屬皆从川。」甲骨文作█（合10161）、█（合03748）、█（合29687）；金文作█（五祀衛鼎）；楚系簡帛文字作█（郭.唐.6）。羅振玉謂「象有畔岸而水在中。」〔註171〕

齊系「川」字偏旁承襲甲骨█形。

偏　旁						
思/璽彙 1326	思/璽彙 1472	思/璽彙 3570	 厊/陶錄 2.520.1	 厊/陶錄 2.520.2	 厊/陶錄 2.519.1	 厊/陶錄 2.519.2
 厊/陶錄 2.519.3						

136. 州

《說文解字・卷十一・川部》：「█，水中可居曰州，周遶其夯，从重川。昔堯遭洪水，民居水中高土，或曰九州。《詩》曰：『在河之州。』一曰州，疇也。各疇其土而生之。█，古文州。」甲骨文作█（合00849）；金文作█（散氏盤）；楚系簡帛文字作█（上2.容.27）。羅振玉謂「州爲水中可居者，故此字旁象川流，中央象土地。」〔註172〕

齊系「州」字承襲甲骨字形。

〔註171〕羅振玉：《增訂殷虛書契考釋》卷中，頁9。
〔註172〕羅振玉：《增訂殷虛書契考釋》卷中，頁10。

單　字					
州/集成 17.11074	州/集成 01.285	州/集成 01.283	州/集成 01.276		

137. 巛

《說文解字・卷十一・川部》:「██，害也。从一雝川。《春秋傳》曰:『川雝爲澤，凶。』」甲骨文作██（鐵53.1）、██（甲2189）；用作偏旁時，金文作██（昔/史昔鼎）、██（昔/大克鼎）；楚系簡帛文字作██（上2.子.1）。羅振玉謂「象橫流氾濫也。」〔註173〕

齊系「巛」字偏旁字形承襲甲骨，與金文偏旁字形相同，作二橫流氾濫之形。

偏　旁					
散/璽考 49頁	昔（薔）/ 陶錄 2.394.1	昔（薔）/ 陶錄 2.394.2	昔（薔）/ 陶錄 2.394.3	昔（薔）/ 陶錄 2.393.3	昔（薔）/ 陶錄 2.393.4

138. 永

《說文解字・卷十一・永部》:「██，長也。象水坙理之長。《詩》曰:『江之永矣。』凡永之屬皆从永。」甲骨文作██（合00390）；金文作██（永盂）、██（乍册折尊）；用作偏旁時，楚系簡帛文字作██（羕/清1.保.11）。裘錫圭認為，「永」字从彳，「卜」或「彳」象水流形，本義為水長。〔註174〕季旭昇師謂「从『彳』表示水行，『卜』形象水坙理，全字象河水流行，坙理衍長之貌。『卜』形或訛為人形，於是其旁有增象水形的曲筆。」〔註175〕

齊系「永」字承襲甲骨，與金文██形相同，單字和偏旁字形相同。偶有字形筆畫簡化，單字作██（集成09.4629）；偏旁作██（羕/集成15.9709）。

〔註173〕羅振玉:《增訂殷虛書契考釋》卷中，頁10。

〔註174〕裘錫圭:〈釋「衍」、「侃」〉,《裘錫圭學術文集》(上海:復旦大學出版社,2012年)卷1,頁384。

〔註175〕季旭昇師:《說文新證》,頁808～809。

單　字						
永/集成 09.4646	永/集成 09.4648	永/集成 09.4649	永/集成 09.4649	永/集成 01.87	永/集成 01.87	永/集成 01.180
永/集成 01.245	永/集成 03.717	永/集成 04.2426	永/集成 01.173	永/集成 01.175	永/集成 09.4595	永/集成 01.173
永/集成 01.217	永/集成 09.4690	永/集成 09.4644	永/集成 03.690	永/集成 07.3874	永/集成 16.10116	永/集成 09.4630
永/集成 07.3899	永/集成 07.3901	永/集成 16.10277	永/集成 09.4560	永/集成 09.4570	永/集成 01.47	永/集成 04.2591
永/集成 07.3772	永/集成 01.88	永/集成 07.4036	永/集成 07.4037	永/集成 03.707	永/集成 09.4566	永/集成 09.4567
永/集成 03.669	永/集成 16.10266	永/集成 16.10163	永/集成 16.10361	永/集成 16.10246	永/集成 16.10318	永/集成 01.278
永/集成 01.278	永/集成 09.4629	永/集成 09.4647	永/集成 09.4596	永/新收 1045	永/新收 1043	永/新收 1781
永/古研 29.396	永/歷文 2009.2.51	永/遺珍 32 頁				
偏　旁						
永（朶）/ 集成 07.3897	永（朶）/ 集成 07.3898	永（朶）/ 集成 04.2495	永（朶）/ 集成 16.10222	永（朶）/ 集成 15.9687	永（朶）/ 集成 16.10222	永（朶）/ 遺珍 65 頁

羕/集成 07.4096	羕/集成 15.9709	羕/集成 15.9709	羕/集成 01.140	羕/集成 01.285	羕/集成 01.285	羕/集成 16.10280
羕/集成 16.10280	羕/集成 09.4629	羕/新收 1781				
合　文						
永寶/集成 05.2602						

139. 泉

《說文解字‧卷十一‧泉部》：「，水原也。象水流出成川形。凡泉之屬皆从泉。」甲骨文作（合 08375）、（合 08372）；楚系簡帛文字作（包 2.143）、（上 2.容.33）。用作偏旁，金文作（原/大克鼎）。林義光謂「象水出穴之形。」〔註176〕

齊系「泉」字承襲甲骨形，單字與偏旁字形相同。

單　字						
泉/考古 1973.1						
偏　旁						
原/古研 29.310						

140. 淵

《說文解字‧卷三‧水部》：「，回水也。从水，象形。左右，岸也。中象水皃。，淵或省水。，古文从口水。」甲骨文作（合 24452）；金文作（淵行還戈）；楚系簡帛文字作（郭.性.62）。季旭昇師謂「甲骨

〔註176〕林義光：《文源》，頁 110。

文象淵水形。」〔註177〕

　　齊系「𪽜」字單字承襲甲骨作█（集成 17.11105），偏旁與金文█形相同。

單　字				
 淵/集成 17.11105				
偏　旁				
 簡/集成 01.285	 簡/集成 01.271	 簡/集成 01.272	 簡/集成 01.285	 簡/集成 01.285
重　文				
 簡/集成 01.278	 簡/集成 01.280			

141. 亘

　　《說文解字・卷十三・二部》：「█，求亘也。从二从囘。囘，古文回，象亘回形。上下，所求物也。」甲骨文作█（合 06948）、█（合 33180）；金文作█（曾侯乙鐘）。用作偏旁，楚系簡帛文字作█（洹/清 2.繫.127）。姚孝遂謂「亘回本一字，後始分化。」〔註178〕季旭昇師謂「西周金文漸漸分化，或加橫畫（一至三橫）、或重複『回』形，秦漢以後或作『亘』形，又與『互』字形容易混淆。」〔註179〕

　　齊系「亘」字偏旁字形與金文相同。

偏　旁						
 趄/集成 09.4630	 趄/集成 09.4649	 趄/集成 09.4649	 趄/集成 09.4649	 趄/集成 09.4629	 趄/新收 1781	 郖/新收 1097

〔註177〕季旭昇師：《說文新證》，頁 797。
〔註178〕于省吾主編：《甲骨文字詁林》，頁 2224。
〔註179〕季旭昇師：《說文新證》，頁 905。

洹/集成 15.9729	洹/集成 15.9729	洹/集成 15.9730	洹/集成 15.9730	洹/集成 15.9729	箮/集成 01.276	箮/集成 01.276
箮/銘文選 848						

142. 仌

《說文解字・卷十一・仌部》：「仌，凍也。象水凝之形。凡仌之屬皆从仌。」金文作 ⚋（效父簋）。象液體凍凝之形。

齊系「仌」字偏旁與金文字形相同。

偏　旁						
冰/集成 07.4096						

六、火　部

143. 火

《說文解字・卷十・火部》：「火，燬也。南方之行，炎而上。象形。凡火之屬皆从火。」甲骨文作 火（合 09104）、火（合 19624）；楚系簡帛文字作 火（郭.唐.10）。羅振玉謂「象火形。」〔註180〕

齊系「火」承襲甲骨 火 形，字形下部不加橫畫，作 火（陶錄 3.396.4）。其餘特殊字形如下：

1. 「火」字偏旁承襲甲骨 火 形，而與「山」字形近易訛，例： 叀（熒/集成 05.2638）。

2. 「火」與「土」字相結合共筆，例： 庶（庶/集成 01.277）。

3. 「火」形上部多加一橫畫，而與楚系字形相同，例： 寮（寮/集成 01.285）。

〔註180〕羅振玉：《增訂殷虛書契考釋》卷中，頁 50。

單 字					
火/陶錄 3.396.3	火/陶錄 3.396.4				
偏 旁					
煐/臨淄 42～43 頁	煐/臨淄 42～43 頁	燹/新收 1081	燹/新收 1082	燹/新收 1083	燹/新收 1084
燹/山東 747 頁					
燹/山東 748 頁	燹/山東 718 頁	赤/集成 01.245	赤/集成 09.4556	赤/陶彙 3.822	謹/陶彙 3.953
光/集成 01.275					
光/集成 01.285	窯/集成 17.11082	窯/集成 15.9709	窯/山東 103 頁	窯/山東 76 頁	窯/山東 103 頁
窯/山東 103 頁					
庶/集成 01.245	庶/集成 16.10277	庶/集成 01.285	庶/集成 01.277	庶/集成 01.279	談/陶錄 2.228.1
談/陶錄 2.228.2					
談/陶錄 2.229.3	談/陶錄 2.228.2	談/陶錄 2.229.1	鑄/集成 16.10361	鑄/集成 15.9733	鑄/集成 01.173
鑄/集成 01.179					
鑄/集成 01.177	鑄/集成 01.149	鑄/集成 01.150	鑄/集成 01.152	鑄/集成 01.245	鑄/集成 01.245
鑄/集成 09.4623					
鑄/集成 01.175	鑄/集成 16.10361	鑄/集成 01.47	鑄/集成 09.4470	鑄/古研 29.396	鑄（燹）/ 璽彙 3760
鑄（燹）/ 集成 15.9709					
灰/陶錄 3.505.2	熄/璽彙 3561	炊/集成 07.4019	焯/陶錄 3.412.1	焯/陶錄 3.412.5	焯/陶錄 3.412.6
焯/陶錄 3.413.6					

煒/陶錄 3.413.4	煒/陶錄 3.414.1	滕（䠯）/集成 09.4428	滕（䠯）/集成 09.4428	旐/璽彙 3691	寮/集成 01.285	寮/集成 01.285
寮/集成 01.273	寮/集成 01.274	塋/陶錄 3.339.2	塋/陶錄 3.339.3	塋/陶錄 3.339.5	熒/集成 05.2638	狹/璽考 66頁
窯/璽考 300頁	狄/集成 07.4019	狄/陶彙 3.759	幽/中新網 2012.8.11	炶/陶錄 2.402.3	炶/陶錄 2.403.2	炶/陶錄 2.400.3
炶/陶錄 2.397.4	炶/陶錄 2.397.1	炶/陶錄 2.404.1	炶/陶錄 2.404.4	炶/陶錄 2.396.2	炶/陶錄 2.396.3	炶/陶錄 2.397.2
炶/陶錄 2.398.1	炶/陶錄 2.398.3	炶/陶錄 2.403.3	炶/陶錄 2.399.2	炶/陶錄 2.400.1	炶/陶錄 2.403.4	炶/陶錄 2.401.3
炶/陶錄 2.396.4	炶/陶錄 2.399	炶/陶錄 2.401.1	炶/陶錄 2.401.2	炶/歷博 46.35	威/集成 16.10374	
合 文						
鑄其/集成 01.172						

144. 熒

《說文解字・卷十一・焱部》：「（圖），屋下鐙燭之光。从焱、冖。」金文作伐（盂鼎）。用作偏旁時，楚系簡帛文字作（縈/清1.至4）。方濬益謂「熒」當是「榮」之古文，象木枝柯相交之形，其端从炊，木之華與火同。〔註181〕于省吾認為，字上从二火，下象交縈之形，故从熒之字均有光明交互繁盛之

〔註181〕方濬益：《綴遺齋器款識考釋》（上海：商務印書館，1935 年）卷二十七，頁22～23。

義。〔註182〕

　　齊系「燊」字偏旁字形下部二火交爨形的相交筆畫不延長，例：燊（集成 01.273）、（爨/集成 07.3772）；或省略其中的一個火形。

偏　旁						
爨/集成 16.10147	爨/集成 07.3772	爨/集成 07.3772	勞/集成 01.271	勞/集成 01.273	勞/集成 01.283	勞/集成 01.285
勞/集成 01.285	營/璽彙 3687					

145. 皇

　　《說文解字・卷十・火部》：「，煇也。从火皇聲。」甲骨文作（合 06354）；金文作（趰鼎）；楚系簡帛文字作（清 1.祭.10）。王獻唐謂「象火把植立，上作燭光射出火焰者也。」〔註183〕季旭昇師謂「象火炬燭光類之物光芒四射，而為『煌』之初文。」〔註184〕

　　齊系「皇」字與甲骨金文字形相同，又增加聲符「王」。有些偏旁字形上部訛變為近似「止」形，例：（皇/集成 09.4629）。

偏　旁						
皇/集成 17.10982	皇/集成 17.10983	皇/集成 17.10984	皇/集成 09.4649	皇/集成 09.4647	皇/集成 09.4649	皇/集成 09.4595
皇/集成 01.245	皇/集成 01.245	皇/集成 09.4646	皇/集成 09.4596	皇/集成 08.4127	皇/集成 01.285	皇/集成 01.285
皇/集成 07.3939	皇/集成 08.4190	皇/集成 18.11836	皇/集成 05.2639	皇/集成 08.4152	皇/集成 01.87	皇/集成 01.271

〔註182〕于省吾：〈釋燊〉，《雙劍誃古文雜釋》，收錄於《雙劍誃殷契駢枝全編》，頁 7。
〔註183〕王獻唐：《古文字中所見之火燭》（濟南：齊魯書社，1979 年），頁 107。
〔註184〕季旭昇師：《說文新證》，頁 771。

皇/集成 01.142	皇/集成 07.3828	皇/集成 07.3829	皇/集成 16.10275	皇/集成 08.4111	皇/集成 05.2639	皇/集成 01.285
皇/集成 09.4581	皇/集成 09.4582	皇/集成 01.87	皇/集成 15.9659	皇/集成 01.271	皇/集成 01.271	皇/集成 01.285
皇/集成 09.4440	皇/集成 16.10123	皇/集成 01.273	皇/集成 01.277	皇/集成 01.277	皇/集成 01.277	皇/集成 01.285
皇/集成 01.277	皇/集成 01.277	皇/集成 01.284	皇/集成 01.284	皇/集成 01.284	皇/集成 01.284	皇/集成 01.285
皇/遺珍 50 頁	皇/山東 104 頁	皇/山東 104 頁	皇/古研 29.396	皇/古研 29.396	皇/璽彙 1285	

七、木　部

146. 木

《說文解字．卷六．木部》：「，冒也。冒地而生。東方之行。从屮，下象其根。凡木之屬皆从木。」甲骨文作（合 33193）、（合 06614）；金文作（木父丁爵）、（鄂君啟舟節）；楚系簡帛文字作（包 2.140）、（上 1.孔.12）。林義光謂「上象枝幹，下象根。」〔註 185〕

齊系「木」字單字與偏旁字形相同，與甲骨、金文、楚系字形相同。偶有偏旁字形與「禾」字相混，例：（縣/集成 01.273）；簡省木形下部，上部木枝形訛變近似「來」形的上部，例：（寮/集成 01.285）。

單　字						
木/璽彙 0298	木/璽彙 0299	木/璽彙 0300	木/陶錄 3.35.3	木/陶錄 3.484.2	木/陶錄 2.703.1	木/陶錄 3.639.6

〔註 185〕林義光：《文源》，頁 66。

木/璽考 46頁	木/璽考 47頁	木/璽考 47頁	木/璽考 47頁	木/璽考 48頁	木/璽考 49頁	木/山璽 003
木/考古 1973.1						
偏　旁						
休/集成 01.285	休/集成 01.92	休/集成 01.274	休/古研 29.311	休/古研 29.310	休/中新網 2012.8.11	休/山東 104頁
㤭/陶錄 2.175.4	棺（相）/ 陶錄 3.603.6	柴/新收 1113	棱/陶錄 2.10.4	棱/陶錄 2.11.1	棱/陶錄 2.11.3	棱/陶錄 2.8.3
棱/陶錄 2.9.1	棱/陶錄 2.8.2	棱/陶錄 2.10.1	棱/陶錄 2.7.2	棱/璽彙 3127	棱/璽彙 3813	桀（乘）/ 新收 1032
桀（乘）/ 陶錄 2.535.2	桀（乘）/ 陶錄 2.281.1	桀（乘）/ 陶錄 2.534.2	桀（乘）/ 陶錄 2.534.4	桀（乘）/ 陶錄 2.670.3	桀（乘）/ 陶錄 2.49.4	桀（乘）/ 陶錄 2.475.2
桀（乘）/ 陶錄 2.404.4	桀（乘）/ 陶錄 2.664.1	桀（乘）/ 陶錄 2.202.4	桀（乘）/ 陶錄 2.558.3	桀（乘）/ 陶錄 2.474.1	桀（乘）/ 陶錄 2.678.2	桀（乘）/ 陶錄 2.422.4
桀（乘）/ 陶錄 2.404.4	桀（乘）/ 集成 18.12087	桀（乘）/ 集成 15.9733	桀（乘）/ 集成 15.9733	桀（乘）/ 集成 15.9730	桀（乘）/ 集成 15.9729	桀（乘）/ 集成 18.12090
桀（乘）/ 集成 18.12092	桀（乘）/ 歷博 46.35	桀（乘）/ 後李二 10	郲/集成 17.10997	郲/山東 817頁	㯷/齊幣 347	㮚/雪齋 2.72

聚/集錄 543	鄹/陶錄 3.41.3	築/集成 16.10374	執/集成 01.285	執/集成 01.278	執/集成 01.280	案/璽彙 3587
案/陶錄 2.337.4	案/陶錄 2.337.3	樂/集成 01.150	樂/集成 01.102	樂/集成 01.151	樂/集成 15.9729	樂/集成 15.9729
樂/集成 15.9730	樂/集成 01.245	樂/集成 01.142	樂/集成 01.150	樂/陶彙 3.804	樂/陶彙 3.823	樂/陶彙 2.643.4
樂/文物 2008.1.95	濼/集成 01.179	濼/集成 01.174	濼/集成 01.175	濼/集成 01.88	濼/集成 01.89	相/璽考 57頁
相/璽彙 0262	相/璽彙 3924	縣/璽考 46頁	縣/璽考 46頁	縣/集成 01.285	縣/集成 01.273	縣/陶錄 2.13.1
橿/陶錄 3.280.1	橿/陶錄 3.280.2	橿/陶錄 3.281.1	橿/陶錄 3.280.5	橿/陶錄 3.282.1	橿/陶錄 3.281.5	橿/歷博524
椒/集成 09.4629	椒/集成 09.4629	椒/集成 09.4630	椒/新收 1781	椒/集成 09.4629	椒/集成 09.4630	椒/新收 1781
欁/集成 09.4623	欁/集成 09.4624	剿/集成 01.285	剿/集成 01.277	枳/集成 08.4190	枳/璽彙 0177	枳/璽考 59頁
枳/陶錄 2.17.1	枳/陶錄 2.700.4	枳/陶錄 3.602.1	枳/陶錄 3.602.2	梟/集成 17.11006	鉏/集成 16.10374	鉏/集成 16.10368
某/集成 07.4041	某/陶錄 3.454.6	某/陶錄 3.455.2	某/陶錄 3.455.3	欏/陶錄 2.568.2	欏/陶錄 2.570.2	欏/陶錄 2.362.4

櫨/陶錄 2.298.3	桷/集成 01.285	桷/集成 01.276	桷/陶錄 3.105.2	桷/陶錄 3.106.4	桷/陶錄 3.107.4	桷/陶錄 3.107.5
桷/陶錄 3.108.1	桷/陶錄 3.108.6	桷/陶錄 2.392.1	桷/陶錄 2.529.2	桷/陶錄 3.105.4	桷/陶錄 3.8.2	桷/陶錄 2.17.2
桷/陶錄 3.110.6	桷/歷博 52.3	桷/璽彙 2194	桷/璽彙 0290	榑/璽彙 0290	暴/桓台 40	暴/陶錄 2.419.4
暴/陶錄 2.411.1	暴/陶錄 2.410.1	暴/陶錄 2.410.3	暴/陶錄 2.415.1	暴/陶錄 2.414.1	暴/陶錄 2.415.2	暴/陶錄 2.417.2
棻/璽彙 3679	采/集成 18.12093	楚/璽彙 0571	楚/璽彙 0642	楚/陶錄 2.377.2	楚/陶錄 2.633.4	楚/陶錄 2.324.1
楚/陶錄 3.25.1	楚/陶錄 3.25.2	楚/陶錄 2.316.1	楚/陶錄 2.317.2	楚/陶錄 2.319.2	楚/陶錄 2.319.4	楚/陶錄 2.320.1
楚/陶錄 2.321.1	楚/陶錄 2.323.1	楚/陶錄 2.323.4	楚/陶錄 2.330.1	楚/陶錄 2.333.1	楚/陶錄 2.325.1	楚/陶錄 2.326.1
楚/陶錄 2.327.1	楚/陶錄 2.327.3	楚/陶錄 2.326.4	楚/陶錄 2.335.3	楚/陶錄 2.365.1	楚/陶錄 2.365.3	楚/陶錄 2.367.1
楚/陶錄 2.367.4	楚/陶錄 2.379.1	楚/陶錄 2.380.1	楚/陶錄 2.380.4	楚/陶錄 2.373.2	楚/陶錄 2.373.4.	楚/陶錄 2.382.1
楚/陶錄 2.389.2	楚/陶錄 2.384.1	楚/陶錄 2.385.4	楚/陶錄 2.386.3	楚/陶錄 2.387.3	楚/陶錄 2.390.1	楚/陶錄 2.390.2

楚/陶錄 2.392.4	楚/陶錄 2.681.3	楚/陶錄 2.390.3	楚/陶錄 2.390.4	楚/陶錄 2.392.2	楚/陶錄 2.392.3	楚/陶錄 2.393.1
楚/陶錄 2.393.2	楚/陶錄 2.393.3	楚/陶錄 2.393.4	楚/陶錄 2.683.1	楚/陶錄 2.386.1	楚/陶錄 2.362.1	楚/陶錄 2.362.4
楚/陶錄 2.382.3	楚/陶錄 2.387.1	楚/陶錄 2.389.3	楚/陶錄 2.683.3	楚/陶錄 2.634.1	楚/陶錄 2.636.4	楚/陶錄 2.636.4
楚/陶錄 3.25.1	楚/陶錄 3.25.2	楚/陶錄 2.392.2	楚/新收 1086	閖（闗）/ 陶錄 2.432.1	枼/集成 01.271	枼/集成 01.278
枼/集成 01.285	枼/集成 09.4644	枼/新泰 6	葉/新泰 8	葉/新泰 7	葉/新泰 5	寮/集成 01.285
寮/集成 01.273	寮/集成 01.274	寮/集成 01.285	楊/陶錄 2.260.1	楊/陶錄 2.259.1	楊/陶錄 2.259.4	桿/集成 16.10374
檮/陶彙 3.27	檮/陶錄 2.6.2	檮/璽考 42頁	簗/璽彙 3106	簗/璽彙 3107	杜/璽彙 2415	杜/陶錄 2.34.3
桯/璽彙 2414	桯/璽彙 3701	野/璽彙 3992	野/陶錄 3.484.3	椓/璽彙 0172	椓/璽彙 3547	栢/集成 16.10374
槑/集成 16.10107	槑/山東 104頁	槑/山東 104頁	櫃/璽彙 3755	桑/璽彙 0208	棰/陶錄 3.504.4	㯟/璽考 69頁
繹/陶錄 2.280.2	楨/陶錄 2.487.3	楨/陶錄 2.252.2	楨/陶錄 2.252.1	楨/陶錄 2.487.2	楨/陶錄 2.529.3	楨/陶錄 2.716.1

楨/陶錄 2.716.4	楨/陶錄 2.716.2	楨/陶錄 2.716.3	楨/陶錄 2.486.1	拳/陶錄 3.317.1	拳/陶錄 3.317.2	拳/陶錄 3.317.3
拳/陶錄 3.317.6	拳/陶錄 3.317.4	拳/陶錄 3.317.5	桓/陶錄 3.357.1	桓/陶錄 3.357.3	核/陶錄 2.523.1	農（辳）/陶錄 3.538.3
枋/璽彙 0325	析/陶錄 2.292.2	析/陶錄 2.292.1	業/集成 17.11210	桁/璽彙 0299	桁/璽彙 0298	桁/璽彙 0300
桁/璽考 47頁	桁/璽考 49頁	桁/璽考 49頁	桁/陶錄 2.703.1	桁/山璽 013	桁/山璽 014	桁/山璽 015
桁/山璽 003	宋/激秋 32	宋/陶彙 3.803	宋/璽彙 1433	宋/陶錄 2.717.1	宋/陶錄 2.717.2	宋/貨系 3797
宋/璽考 250頁	宋/璽考 250頁	戶（床）/集成 17.11127	戶（床）/周金 6.132	戶（床）/後李六 1		
重　文						
椙/集成 15.9733						

147. 朱

《說文解字・卷六・木部》：「[圖]，赤心木，松柏屬。從木，一在其中。」甲骨文作 [圖]（合 37363）；金文作 [圖]（頌鼎）、[圖]（此簋）、[圖]（師克盨蓋）；楚系簡帛文字作 [圖]（曾.86）。季旭昇師謂「『朱』是個假借分化字，在甲骨文中本來是借『束』字為之。……其後把『束』形中間填實，又再變為短橫畫，就分化出『朱』字了。」[註186]

〔註186〕季旭昇師：《說文新證》，頁 487。

　　齊系「朱」字承襲甲骨，與金文■、■、■形相同。偏旁字形偶有增加木枝之形。在「鼄」字中，「朱」與「黽」形結合共筆，「朱」形並簡省木枝之形，作■（遺珍 116 頁）。

單　字						
朱/陶錄 3.563.2	朱/新收 1077	朱/新收 1078				
偏　旁						
絑/陶錄 3.563.1	邾/集成 17.11206	邾/集成 17.11221	邾/集成 01.102	邾/國史1金 1.13	邾/國史1金 1.7	邾/陶錄 2.405.1
邾/陶錄 3.287.4	邾/陶錄 3.287.5	邾/璽彙 1590	邾/璽彙 1584	邾/璽彙 1585	邾/璽彙 1586	邾/璽彙 5657
邾/山東 809頁	姝/古研 29.310	殳/集成 17.11040	殳/集成 04.2494	恭/陶錄 3.477.3	鼄/集成 04.2525	鼄/集成 16.10236
鼄/集成 01.50	鼄/集成 01.87	鼄/集成 01.150	鼄/集成 01.151	鼄/集成 01.245	鼄/集成 01.245	鼄/集成 03.695
鼄/集成 03.670	鼄/集成 03.717	鼄/集成 04.2426	鼄/集成 03.690	鼄/集成 04.2495	鼄/集成 05.2642	鼄/集成 03.691
鼄/集成 07.3897	鼄/集成 07.3898	鼄/集成 07.3898	鼄/集成 07.3899	鼄/集成 15.9687	鼄/集成 15.9688	鼄/集成 16.10114
鼄/集成 07.3901	鼄/集成 03.669	鼄/集成 05.2641	鼄/集成 05.2640	鼄/集成 09.4623	鼄/遺珍 38頁	鼄/遺珍 67頁

鼄/遺珍 116頁	鼄/遺珍 30頁	鼄/遺珍 38頁	鼄/遺珍 115頁	厞/山東 235頁	厞/集成 04.2354
合　文					
亡朱/璽彙 2097					

148. 本

《說文解字·卷六·木部》:「█，木下曰本。从木，一在其下。█，古文。」金文作█（本鼎）；楚系簡帛文字作█（上1.孔.16）、█（郭.成.12）。高鴻縉謂「就木而以假象指其根處，故為根本之本。」〔註187〕

齊系「本」字與楚系上博簡字形相同，木形下部用點形或橫畫指其根部。

單　字					
本/齊幣 212	本/齊幣 213	本/錢典 963	本/東亞 6.11	本/貨系 2621	

149. 未

《說文解字·卷十四·未部》:「█，味也。六月，滋味也。五行，木老於未。象木重枝葉也。凡未之屬皆从未。」甲骨文作█（鐵197.1）、█（佚798）；金文作█（史獸鼎）；楚系簡帛文字作█（包2.8）。林義光謂「木重枝葉，非滋味之義。古未與枚同音，當即枚之古文。枝幹也，从木，多其枝。」〔註188〕

齊系「未」字作█（集成09.4649），木形下部增加點形，單字與偏旁字形相同。

單　字					
未/集成 09.4649					

〔註187〕高鴻縉：《中國字例》，頁372。

〔註188〕林義光：《文源》，頁107。

偏　旁					
制/集成 16.10374					

150. 桑

《說文解字·卷四·叒部》:「，蠶所食葉木。从叒木。」甲骨文作（合36914）。羅振玉謂「象桑形。」〔註189〕

齊系「桑」字偏旁承襲甲骨形，桑葉之形或簡省，例:（喪/集成15.9729）。

偏　旁					
喪/集成 15.9729	喪/集成 15.9729	喪/集成 15.9730	喪/集成 15.9730	喪/集成 15.9730	

151. 果

《說文解字·卷六·木部》:「，木實也。从木，象果形在木之上。」甲骨文作（合28128）；金文作（果簋）；楚系簡帛文字作（郭.老甲.7）。高鴻縉謂「字意為果實之果，故倚木上畫，象果形。」〔註190〕

齊系「果」字偏旁字形的果實形不加點形，與楚系文字相同。

偏　旁					
黙/古研 29.395	黙/古研 29.396	黙/古研 29.396			

152. 巢

《說文解字·卷六·巢部》:「，鳥在木上曰巢，在穴曰窠。从木，象形。凡巢之屬皆从巢。」金文作（班簋）；楚系簡帛文字作（望 1.89）。于省吾認為，字象木上有巢形。〔註191〕

齊系「巢」字作（陶錄 3.463.2），與楚系文字相同。

〔註189〕羅振玉:《增訂殷虛書契考釋》卷中，頁 35。

〔註190〕高鴻縉:《中國字例》，頁 250。

〔註191〕于省吾:《甲骨文字釋林》，頁 419。

單　字						
巢/陶錄 3.462.6	巢/陶錄 3.462.4	巢/陶錄 3.463.2	巢/陶錄 3.463.1	巢/陶錄 3.463.2	巢/陶錄 3.465.4	巢/陶錄 3.637.4

153. 桼

《說文解字・卷六・桼部》:「，木汁。可以髤物。象形。桼如水滴而下。凡桼之屬皆从桼。」甲骨文作（續 5.5.2）；金文作（二十七年上守趙戈）。陳夢家認為，字从木，小點象漆汁之形。〔註192〕

　　齊系「桼」字單字承襲甲骨，但將漆汁形都置於木形右側，偏旁與甲骨文字形相同。

單　字					
桼/璽彙 0157	桼/陶錄 2.395.3	桼/陶錄 2.395.2			
偏　旁					
桼/陶錄 3.533.5					

154. 栗

《說文解字・卷七・卤部》:「，木也。从木，其實下垂，故从卤。，古文栗从西从二卤。徐巡說：木至西方戰栗。」甲骨文作（合 36745）、（合 10934）；楚系簡帛文字作（包 2.264）。葉玉森謂「象栗實外刺毛形。」〔註193〕李孝定謂「↓象木實有芒之形。以其形與卤近，故篆誤从卤。」〔註194〕

　　齊系「栗」字承襲甲骨，並在栗實中加點形。

〔註192〕陳夢家：《殷虛卜辭綜述》，頁 183。
〔註193〕李孝定：《甲骨文字集釋》，頁 2313～2314。
〔註194〕李孝定：《甲骨文字集釋》，頁 2313～2314。

單　字					
 栗/璽彙 0233					

155. 華

《說文解字・卷六・華部》：「，榮也。从艸从𠦝。凡華之屬皆从華。」
《說文解字・卷六・華部》：「，艸木華也。从𠂹亏聲。凡𠦝之屬皆从𠦝。，
𠦝或从艸从夸。」金文作（命簋）、（仲姞鬲）。高鴻縉謂「乃古象形文，
上象蓓蕾，下象莖葉。」〔註195〕

齊系「華」字作（陶錄 2.10.4），與金文字形相同。

單　字					
 華/集成 17.11160	 華/集成 01.245	 華/集成 04.2418	 華/璽考 42 頁	 華/陶錄 2.10.3	 華/陶錄 2.10.1
 華/陶錄 2.653.2					
 華/陶錄 2.7.2	 華/陶錄 2.9.1	 華/陶錄 2.10.2	 華/陶錄 2.10.4	 華/瑯琊網 2012.4.18	

156. 者

《說文解字・卷四・白部》：「，別事詞也。从白㫚聲。㫚，古文旅字。」
金文作（者女觥）、（兆域圖銅版）；楚系簡帛文字作（郭.六.4）、
（上 1.孔.4）、（上 2.容.22）。季旭昇師謂「从口，上所象不詳，少數與木
形有關。」〔註196〕駱珍伊認為，「疑字从木，小點象樹汁之形，或為『赭』
之初文。」〔註197〕並從楚簡字形分析，又認為「所要表示的可能是木枝，
小點為分化符號。」〔註198〕

齊系「者」字承襲金文、形，單字和偏旁字形相同。齊系陶文字形

〔註195〕高鴻縉：《中國文例》，頁 371。
〔註196〕季旭昇師：《說文新證》，頁 275。
〔註197〕駱珍伊：《〈上海博物館藏戰國楚竹書（七）～（九）〉與〈清華大學藏戰國竹
簡（壹）～（叁）〉字根研究》，頁 307。
〔註198〕同上註。

或簡省木枝形的上部字形，下部字形訛變成近似「冂」形，例：🔲（者/陶錄2.633.1）。

單 字						
者/集成 09.4646	者/集成 09.4647	者/集成 09.4649	者/集成 09.4649	者/集成 16.10371	者/集成 16.10374	者/集成 09.4648
者/集成 01.151	者/集成 01.152	者/集成 16.10087	者/集成 09.4648	者/集成 15.9733	者/集成 15.9733	者/集成 09.4646
者/集成 18.12093	者/璽考 66頁	者/璽考 61頁	者/璽彙 0153	者/古研 23.98	者/陶錄 2.148.4	者/陶錄 2.436.1
者/陶錄 2.435.1	者/陶錄 2.562.4	者/陶錄 3.482.5	者/陶錄 3.482.2	者/陶錄 3.482.3	者/陶錄 3.482.1	者/陶錄 2.4.2
者/陶錄 2.15.1	者/陶錄 2.15.2	者/陶錄 2.633.1	者/陶錄 2.61.1	者/陶錄 2.61.2	者/陶錄 2.76.2	者/陶錄 2.76.3
者/陶錄 2.76.4	者/陶錄 2.84.3	者/陶錄 2.84.4	者/陶錄 2.136.1	者/陶錄 2.136.3	者/陶錄 2.142.4	者/陶錄 2.137.3
者/陶錄 2.61.3	者/陶錄 2.137.1	者/陶錄 2.137.2	者/陶錄 2.144.4	者/陶錄 2.561.2	者/陶錄 2.561.1	者/陶錄 2.138.4
者/陶錄 2.139.1	者/陶錄 2.141.1	者/陶錄 2.141.2	者/陶錄 2.142.1	者/陶錄 2.143.1	者/陶錄 2.143.2	者/陶錄 2.143.3
者/陶錄 2.144.3	者/陶錄 2.144.4	者/陶錄 2.145.1	者/陶錄 2.145.3	者/陶錄 2.146.3	/陶錄 2.148.3	者/陶錄 2.149.2

者/陶錄 2.151.3	者/陶錄 2.287.4	者/陶錄 2.437.1	者/陶錄 2.149.4	者/陶錄 2.256.2	者/陶錄 2.434.3	者/陶錄 2.434.4
者/陶錄 2.435.3	者/陶錄 2.436.4	者/陶錄 2.437.4	者/陶錄 2.561.4	者/陶錄 2.561.2	者/山東 696頁	者/後李一 3
者/新收 1042	者/新收 1042	者/遺錄 6.132	者/周金 6.132			
偏　旁						
都/集成 01.271	都/集成 01.273	都/集成 01.281	都/集成 01.285	都/璽彙 0198	都/璽彙 0272	都/陶彙 3.703
鍺/集成 01.149	堵/集成 01.285	堵/集成 01.285	堵/集成 01.276	堵/集成 01.283	緒/陶錄 3.387.4	緒/陶錄 3.387.6
緒/陶錄 3.386.3	緒/陶錄 3.386.1	緒/陶錄 3.387.2	緒/陶錄 3.387.3			

157. 丂

《說文解字・卷五・丂部》：「丂，气欲舒出。勹上礙於一也。丂，古文以爲亏字，又以爲巧字。凡丂之屬皆从丂。」甲骨文作丁（合 00228）；金文作丁（丂隻鼎）；楚系簡帛文字作𠀖（清 1.金.4）。李孝定認為，字象枝柯之形。〔註199〕駱珍伊認為，「丂」象木枝之形。〔註200〕

齊系「丂」字承襲甲骨丁形，或增加飾筆點形、短橫畫，作𠀖（新收 1781）。或左右增加短撇畫飾筆，作𠀖（集錄 1009）。偏旁字形除作甲骨丁形之外，還或加飾筆撇畫，形近「勿」形，例：𠀖（易/集成 15.9975）；或表示木枝形的

〔註199〕李孝定：《甲骨文字集释》，頁 1623。

〔註200〕駱珍伊：《〈上海博物館藏戰國楚竹書（七）～（九）〉與〈清華大學藏戰國竹簡（壹）～（叁）〉字根研究》，頁 309。

豎撇畫貫穿橫畫，例：（坊/陶錄 2.29.3）。

單 字						
丂/集成 09.4629	丂/集成 01.271	丂/集成 01.271	丂/陶錄 2.360.3	丂/陶錄 3.15.2	丂/陶錄 2.360.1	丂/新收 1781
丂/齊幣 2563	丂/集錄 1009					
偏 旁						
考/集成 09.4649	考/集成 09.4649	考/集成 01.87	考/集成 01.245	考/集成 01.175	考/集成 01.176	考/集成 03.648
考/集成 01.177	考/集成 09.4428	考/集成 05.2639	考/集成 09.4440	考/集成 15.9688	考/集成 16.10275	考/集成 07.3828
考/集成 07.3831	考/集成 01.92	考/集成 01.18	考/集成 09.4441	考/集成 08.4127	考/集成 01.142	考/集成 01.277
考/集成 01.278	考/成 01.285	考/集成 01.285	考/集成 01.176	考/集成 09.4596	考/山東 161頁	考/山東 104頁
考/古研 29.311	考/古研 29.310	考/古研 29.396	考/古研 29.310	唐（喝）/璽彙 3142	唐（喝）/璽彙 3697	唐（喝）/璽彙 0147
揚/集成 01.273	揚/集成 01.285	揚/集成 01.102	揚/古研 29.311	揚/中新網 2012.8.11	揚/中新網 2012.8.11	揚（毃）/集成 09.4649
揚（毃）/集成 09.4649	逿（逿）/璽彙 4012	逿（逿）/陶錄 3.460.3	市/陶彙 3.717	市/陶錄 2.33.4	市/陶錄 2.34.1	市（坊）/山璽 001

市（坿）/ 璽彙 3626	市（坿）/ 璽彙 0355	市（坿）/ 璽彙 0152	市（坿）/ 璽彙 1142	市（坿）/ 璽考 59 頁	市（坿）/ 璽考 59 頁	市（坿）/ 璽考 59 頁
市（坿）/ 璽考 58 頁	市（坿）/ 璽考 58 頁	市（坿）/ 璽考 58 頁	市（坿）/ 璽考 60 頁	市（坿）/ 璽考 60 頁	市（坿）/ 璽考 57 頁	市（坿）/ 陶錄 2.31.1
市（坿）/ 陶錄 2.34.3	市（坿）/ 陶錄 2.35.1	市（坿）/ 陶錄 2.32.4	市（坿）/ 陶錄 2.27.1	市（坿）/ 陶錄 2.35.2	市（坿）/ 陶錄 2.644.1	市（坿）/ 陶錄 2.34.2
市（坿）/ 陶錄 2.35.3	市（坿）/ 陶錄 2.26.5	市（坿）/ 陶錄 2.26.6	市（坿）/ 陶錄 2.27.2	市（坿）/ 陶錄 2.27.3	市（坿）/ 陶錄 2.27.3	市（坿）/ 陶錄 2.27.4
市（坿）/ 陶錄 2.27.5	市（坿）/ 陶錄 2.27.6	市（坿）/ 陶錄 2.28.1	市（坿）/ 陶錄 2.28.2	市（坿）/ 陶錄 2.29.3	市（坿）/ 陶錄 2.28.4	市（坿）/ 陶錄 2.30.2
市（坿）/ 陶錄 2.30.3	市（坿）/ 陶錄 2.30.4	市（坿）/ 陶錄 2.31.3	市（坿）/ 陶錄 2.31.4	市（坿）/ 陶錄 2.32.1	市（坿）/ 陶錄 2.32.3	市（坿）/ 陶錄 2.10.1
貤/璽彙 3992	貤/璽彙 0235	惕/古研 29.395	惕/古研 29.396	愓/璽彙 3518	施/璽彙 3691	楊/陶錄 2.259.4
楊/陶錄 2.260.1	楊/陶錄 2.259.1	易/山大 13	易/山大 10	易/貨系 2507	易/貨系 2658	易/貨系 3797
易/集成 17.10918	易/集成 17.11260	易/集成 15.9975	易/璽彙 0291	易/璽彙 1145	易/璽彙 0155	易/璽彙 0198
易/璽彙 0286	易/璽彙 338	易/璽彙 0062	易/璽考 41 頁	易/璽考 67 頁	易/璽考 49 頁	易/陶錄 2.34.1

易/陶錄 2.259.2	易/陶錄 2.166.2	易/陶錄 2.260.2	易/陶錄 2.262.2	易/陶錄 2.263.1	易/陶錄 2.166.1	易/陶錄 2.262.1
易/陶錄 2.262.3	易/陶錄 2.263.2	易/陶錄 2.263.3	易/陶錄 2.263.4	易/陶錄 2.674.2	易/陶錄 2.259.3	易/陶錄 2.53.1
易/陶彙 3.19	易/齊幣 110	易/齊幣 280	易/齊幣 147	易/齊幣 281	易/齊幣 282	易/齊幣 149
易/齊幣 148	易/齊幣 092	易/齊幣 108	易/齊幣 098	易/齊幣 101	易/齊幣 102	易/齊幣 083
/齊幣 084	易/齊幣 085	易/齊幣 087	易/齊幣 088	易/齊幣 111	易/齊幣 086	易/齊幣 099
易/齊幣 100	易/齊幣 106	易/齊幣 093	陽（陽）/ 集錄 1138	陽（陽）/ 集成 17.11156	陽（陽）/ 尋繹 63 頁	陽（陽）/ 集成 17.11154
陽（陽）/集 成 17.11155	陽/集成 18.11581	陽/集成 18.11471	陽/集成 17.11017	陽/集成 17.10945	陽/集成 09.4445	陽/集成 09.4443
陽/集成 09.4442	陽/集成 09.4444	陽/集成 09.4443	陽/新收 1498	錫/璽彙 3921	寫/古研 29.310	

八、禾 部

158. 禾

《說文解字·卷七·禾部》：「▢，嘉穀也。二月始生，八月而孰，得時之中，故謂之禾。禾，木也。木王而生，金王而死。从木，从烝省。烝象其穗。凡禾之屬皆从禾。」甲骨文作▢（合 33311）、▢（合 19804）；金文作▢（大

禾方鼎）、█（禾簋）；楚系簡帛文字作█（上 2.民.13）。羅振玉謂「上象穗
與葉，下象莖與根。」〔註201〕

　　齊系「禾」字承襲甲骨金文字形，用作偏旁時，偶有字形省略「禾」字字
形的下半部分，例：█（季/陶錄 2.48.4）。

單　字						
禾/集成 17.11130	禾/集成 16.10374	禾/集成 01.102	禾/集成 07.3939	禾/璽彙 5537	禾/齊幣 209	禾/貨系 2620
禾/齊幣 210	禾/齊幣 211	禾/後李七 8	禾/考古 1973.1	禾/國史1金 1.13		
偏　旁						
和/古研 29.395	和/古研 29.396	和/古研 29.395	和/古研 29.396	秉/集成 16.10361	秉/山東 161 頁	稷/集成 16.10374
利/集成 05.2750	利/集成 17.10812	利/陶錄 2.647.1	利/山東 161 頁	穌/集成 01.277	穌/集成 01.277	穌/集成 01.285
穌/集成 01.18	穌/集成 01.149	穌/集成 01.151	穌/集成 01.245	穌/集成 01.245	穌/集成 01.140	穌/集成 01.142
穌/集成 05.2750	穌/集成 01.285	穌/集成 01.92	穌/集成 01.50	穌/集成 01.50	/集成 01.150	旆/璽彙 3538
采/陶錄 3.41.4	穌/集成 09.4428	穌/陶錄 3.541.5	靳/集成 08.4152	靣（廩）/ 陶錄 3.7.6	靣（廩）/ 陶錄 3.1.3	靣（廩）/ 陶錄 3.2.5

〔註201〕羅振玉：《增訂殷虛書契考釋》卷中，頁 34。

亘（廩）/ 陶錄 3.1.2	亘（廩）/ 陶錄 3.6.3	亘（廩）/ 陶錄 3.2.2	亘（廩）/ 陶錄 3.7.5	亘（廩）/ 璽彙 0319	愁/璽彙 0654	穭/璽彙 0238
郗/璽彙 3604	郗/璽彙 2207	郗/璽彙 2206	年（秊）/ 瑯琊網 2012.4.18	年（秊）/ 國史1金 1.13	年（秊）/ 山東 189頁	年（秊）/ 銘文選 2.865
年（秊）/ 集成 09.4646	年（秊）/ 集成 01.102	年（秊）/ 集成 01.102	年（秊）/ 集成 03.670	年（秊）/ 集成 01.149	年（秊）/ 集成 01.245	年（秊）/ 集成 07.3740
年（秊）/ 集成 01.178	年（秊）/ 集成 15.9709	年（秊）/ 集成 16.10316	年（秊）/ 集成 09.4428	年（秊）/ 集成 09.4566	年（秊）/ 集成 03.939	年（秊）/ 集成 07.3977
年（秊）/ 集成 07.3987	年（秊）/ 集成 07.3989	年（秊）/ 集成 09.4440	年（秊）/ 集成 09.4441	年（秊）/ 集成 16.10116	年（秊）/ 集成 15.9687	年（秊）/ 集成 16.10154
年（秊）/ 集成 07.3893	年（秊）/ 集成 07.4037	年（秊）/ 集成 09.4567	年（秊）/ 集成 09.4458	年（秊）/ 集成 05.2592	年（秊）/ 集成 15.9687	年（秊）/ 集成 16.10266
年（秊）/ 集成 15.9688	年（秊）/ 集成 09.4570	年（秊）/ 集成 09.4574	年（秊）/ 集成 05.2602	年（秊）/ 集成 16.10135	年（秊）/ 集成 08.4152	年（秊）/ 集成 16.9975
年（秊）/ 集成 04.2587	年（秊）/ 集成 09.4560	年（秊）/ 集成 15.9729	年（秊）/ 集成 15.9730	年（秊）/ 集成 15.9704	年（秊）/ 集成 09.4638	年（秊）/ 集成 16.10318

年（季）/集成 16.10280	年（季）/集成 01.278	年（季）/集成 01.285	年（季）/集成 15.9709	年（季）/集成 01.175	年（季）/集成 09.4629	年（季）/集成 09.4630
年（季）/集成 15.9703	年（季）/集成 16.10163	年（季）/新收 1781	年（季）/新收 1078	年（季）/新收 1077	年（季）/貨系 2621	年（季）/古研 29.310
年（季）/文明 6.200	年（季）/璽考 60 頁	年（季）/遺珍 67 頁	年（季）/璽考 61 頁	稻/集成 09.4622	稻/集成 09.4621	秦/遺珍 38 頁
秦/遺珍 115 頁	秦/遺珍 116 頁	秦/遺珍 38 頁	秦/遺珍 69 頁	秦/遺珍 61 頁	秦/遺珍 41 頁	季/集成 07.3974
季/集成 04.2082	季/集成 09.4630	季/集成 03.718	季/集成 16.10282	季/集成 16.10163	季/集成 07.3987	季/集成 01.47
季/集成 09.4629	季/集成 07.3817	季/陶錄 3.827	季/陶錄 2.48.2	季/陶錄 2.48.4	季/新收 1781	

159. 黍

《說文解字・卷七・黍部》：「[圖]，禾屬而黏者也。以大暑而種，故謂之黍。从禾，雨省聲。孔子曰：『黍可爲酒，禾入水也。』凡黍之屬皆从黍。」甲骨文作[圖]（合 09980）、[圖]（合 00012）；金文作[圖]（仲𣪘父盤）。裘錫圭認為，字形突出黍子散穗的特點，或加「水」形，可能表示比較重視黍，必要時會進行人工灌溉。〔註202〕

齊系「黍」字承襲甲骨文，不加「水」形，偏旁字形未突出黍子散穗的特點。

〔註202〕裘錫圭：〈甲骨文中所見的商代農業〉，《裘錫圭學術論文集》卷 1，頁 234。

單　字				
 黍/陶錄 2.50.1	 黍/陶錄 2.50.2			
偏　旁				
 香/集成 15.9709				

160. 來

《說文解字・卷五・來部》：「，周所受瑞麥來麰。一來二縫，象芒朿之形。天所來也，故爲行來之來。《詩》曰：『詒我來麰。』凡來之屬皆从來。」甲骨文作（合 14022）、（合 32337）；金文作（史牆盤）；楚系簡帛文字作（九.56.3）、（郭.語 4.21）。羅振玉謂「卜辭中諸來字皆象形。其穗或垂或否者，麥之莖強與禾不同。」〔註203〕

齊系「來」字承襲甲骨字形，與楚系字形有區別。偶有偏旁字形省略「來」字字形的下半部分，只保留上半部分的字形特徵，例：（差/集成 01.274）。

單　字					
 來/集成 03.670	 來/集成 15.9729	 來/集成 15.9730	 來/陶錄 3.614.3	 來/古研 29.310	 萊/陶錄 2.49.4
偏　旁					
 鄷/集成 01.285	 差/集成 16.10361	 差/集成 01.274	 差/集成 01.285	 釐/山東 161 頁	 釐/山東 161 頁	 釐/集成 01.285
 釐/集成 01.281	 釐/集成 15.9733	 釐/集成 01.92	 釐/集成 02.663	 釐/集成 01.273	 釐/集成 01.273	 釐/集成 01.275

〔註203〕羅振玉：《增訂殷虛書契考釋》卷中，頁 34。

鼕/集成 01.285	逨/陶錄 2.2.1	萊/陶錄 2.49.4	鼄/集成 08.4190	劆/集成 01.285	劆/集成 01.273

161. 齊

《說文解字·卷七·齊部》:「[圖]，禾麥吐穗上平也。象形。凡亝之屬皆从亝。」甲骨文作[圖]（合 06063）、[圖]（合 36493）；金文作[圖]（師袁簋）、[圖]（鳳羌鐘）；楚系簡帛文[圖]字作（郭.緇.38）。段注謂「禾麥吐穗上平也。象形。从二者、象地有高下也。禾麥隨地之高下為高下。似不齊而實齊。參差其上者、蓋明其不齊而齊也。」

齊系「齊」字承襲甲骨[圖]、[圖]形。「齊」字還作[圖]（集成 09.4649），張振林謂「三穗下面連莖，或下部再增加一、二橫畫，見於戰國時期的銅器。」[註204]另有以下三种字形承襲此種字形，一是字形中間的穗形豎筆向下延長至底橫作[圖]（集成 09.4595）；二是三莖形不相交而是連接在橫畫作[圖]（陶錄 3.253.4）；三是字形中的三莖形交叉於一點並延長，導致字形下部形似「木」形，作[圖]（陶錄 2.5.4）。單字與偏旁字形相同。

單 字						
齊/集成 18.11815	齊/集成 17.10989	齊/集成 09.4646	齊/集成 09.4647	齊/集成 09.4648	齊/集成 09.4649	齊/集成 06.3740
齊/集成 01.271	齊/集成 15.9729	齊/集成 15.9729	齊/集成 01.217	齊/集成 09.4648	齊/集成 09.4630	齊/集成 05.2639
齊/集成 09.4440	齊/集成 09.4441	齊/集成 16.10116	齊/集成 16.10275	齊/集成 03.685	齊/集成 16.10233	齊/集成 07.3893
齊/集成 01.142	齊/集成 16.10151	齊/集成 09.4595	齊/集成 09.4596	齊/集成 16.10272	齊/集成 16.10242	齊/集成 16.10361

[註204] 張振林:〈試論銅器銘文形式上的時代標記〉,《古文字研究》第 5 輯,1981 年,頁 80。

齊/集成 09.4645	齊/集成 16.10159	齊/集成 16.10318	齊/集成 09.4639	齊/集成 15.9733	齊/集成 01.276	齊/集成 01.278
齊/集成 01.285	齊/集成 01.285	齊/集成 18.12090	齊/璽彙 3751	齊/璽彙 608	齊/璽彙 3698	齊/璽彙 1597
齊/璽考 42頁	齊/璽考 50頁	齊/璽考 67頁	齊/璽考 67頁	齊/陶錄 3.253.1	齊/陶錄 3.253.4	齊/陶錄 3.640.3
齊/陶錄 2.395.2	齊/陶錄 2.395.4	齊/陶錄 2.396.1	齊/陶錄 2.396.2	齊/陶錄 2.401.3	齊/陶錄 2.399.1	齊/陶錄 2.399.2
齊/陶錄 2.397.1	齊/陶錄 2.397.2	齊/陶錄 2.398.1	齊/陶錄 2.398.3	齊/陶錄 2.5.4	齊/陶錄 2.6.1	齊/陶錄 2.6.2
齊/陶錄 3.403.3	齊/陶錄 3.400.4	齊/陶錄 3.405.1	齊/陶錄 2.55.3	齊/陶錄 3.407.1	齊/陶錄 3.405.3	齊/陶錄 3.407.3
齊/陶錄 3.406.2	齊/陶錄 3.409.1	齊/陶錄 3.409.2	齊/陶錄 3.406.1	齊/齊幣 263	齊/齊幣 150	齊/齊幣 399
齊/齊幣 402	齊/齊幣 27	齊/齊幣 22	齊/齊幣 273	齊/齊幣 286	齊/先秦編 398	齊/先秦編 401
齊/先秦編 398	齊/先秦編 398	齊/先秦編 398	齊/先秦編 398	齊/先秦編 398	齊/先秦編 398	齊/先秦編 400
齊/先秦編 399	齊/先秦編 399	齊/先秦編 399	齊/先秦編 403	齊/先秦編 398	齊/貨系 2577	齊/貨系 2628
齊/貨系 2578	齊/貨系 2631	齊/貨系 3794	齊/陶彙 3.612	齊/陶彙 3.616	齊/山東 235頁	齊/山東 212頁

齊/考古 2010.8.33	齊/中新網 2012.8.11	齊/中新網 2012.8.11	齊/新收 1034	齊/新收 1167	齊/新收 1167	齊/新收 1781
齊/新收 1983						
偏　旁						
遜/集成 01.285	遜/集成 15.9729	遜/集成 15.9730	遜/集成 15.9730	遜/集成 01.271	遜/集成 01.271	遜/集成 01.276
齎/陶錄 2.485.1	齎/陶錄 2.485.3	齎/陶錄 3.573.1	檣/陶彙 3.27	檣/陶錄 2.6.2	檣/璽考 42頁	齎/陶錄 3.63.4
齎/陶錄 3.63.5	齎/陶錄 3.63.1	齎/陶錄 3.638.3	齎/陶錄 3.63.2	齎/陶錄 3.62.6	齎/陶錄 3.63.3	齎/陶錄 3.62.5
齎/陶錄 3.62.2	齎/陶錄 3.62.4	齎/陶彙 3.1019				

162. 穆

《說文解字・卷七・禾部》：「 ，禾也。从禾㐅聲。」甲骨文作 （合 33373）；金文作 （智鼎）；楚系簡帛文字作 （上 1.紂.17）。于省吾謂「象有芒穎之禾穗下垂形。」〔註205〕

齊系「穆」字字形承襲甲骨，但是在表示禾穗種子的三小點中間加一豎畫。

單　字					
穆/集成 01.245	穆/集成 01.285	穆/集成 01.276			

〔註205〕于省吾：《甲骨文字釋林》，頁 149。

163. 米

《說文解字・卷七・米部》:「，粟實也。象禾實之形。凡米之屬皆从米。」甲骨文作（合 34165）、（合 35260）；楚系簡帛文字作（包 2.95）、（上 2.容.21）。羅振玉謂「象米粒瑣碎縱橫之狀。」〔註206〕李孝定謂「疑中一畫乃象篦形。」〔註207〕

齊系「米」字偏旁字形承襲甲骨文，與楚系字形相同，或省略上部兩個小點形，例：（橐/璽考 42 頁）。「米」字與「釆」字字形訛同，例：（番/集成 02.545）、（粱/集成 15.9733）。

偏　旁						
粃/璽彙 0644	屎/集成 09.4649	䌛/山東 76 頁	䌛/山東 103 頁	䌛/山東 103 頁	䌛/山東 76 頁	䌛/山東 76 頁
屛/集成 08.4190	屛/集成 01.285	徒（遷）/ 璽彙 0202	徒（遷）/ 璽彙 0198	徒（遷）/ 璽彙 0322	徒（遷）/ 璽考 55 頁	徒（遷）/ 璽彙 0200
䊷/集成 01.285	䊷/集成 01.277	粗/璽考 59 頁	糟/璽考 45 頁	銤/璽彙 0064	糤/璽彙 3682	卣（敳）/ 璽考 49 頁
卣（敳）/ 集成 16.10371	卣（敳）/ 集成 16.10374	卣（敳）/ 陶錄 2.17.1	卣（敳）/ 陶錄 2.23.1	卣（敳）/ 璽彙 5526	卣（敳）/ 璽彙 0300	卣（敳）/ 璽彙 1597
卣（敳）/ 璽彙 3573	卣（橐）/ 璽彙 0227	卣（橐）/ 璽彙 0290	卣（橐）/ 璽彙 0313	卣（橐）/ 璽彙 0327	卣（橐）/ 璽彙 0319	卣（橐）/ 璽考 42 頁

〔註206〕羅振玉：《增訂殷虛書契考釋》卷中，頁 34。
〔註207〕李孝定：《甲骨文字集釋》，頁 2397。

靣（稟）/ 璽考 45 頁	靣（稟）/ 璽考 46 頁	靣（稟）/ 璽考 45 頁	靣（稟）/ 山璽 004	靣（稟）/ 山東 188 頁	靣（稟）/ 山大 13	靣（稟）/ 集成 17.10930
靣（稟）/ 山東 188 頁	靣（稟）/ 陶錄 3.41.1	靣（稟）/ 陶錄 2.12.4	靣（稟）/ 陶錄 2.13.1	靣（稟）/ 陶錄 2.16.1	靣（稟）/ 陶錄 2.653.2	靣（稟）/ 陶錄 3.593.3
靣（稟）/ 陶錄 2.7.1	靣（稟）/ 陶錄 2.7.2	精/璽彙 3547	糧/國史 1 金 1.13	粟/璽彙 5550	糱/璽彙 0360	糱/璽彙 3519
糱/璽彙 3693	糱/陶錄 2.97.4	糱/分域 691	縢/集成 01.285	耕/璽考 59 頁	耕/陶錄 2.46.4	耕/陶錄 2.644.1
耕/陶錄 2.46.3	耕/陶錄 2.47.3	耕/陶錄 2.47.2	耕/發現 75	耕/集成 16.10374	粱/集成 09.4621	粱/集成 09.4620
粱/集成 15.9733	粱/陶錄 3.351.4	粱/璽彙 0306	粲/璽彙 3081	粲/陶錄 2.702.3	粺/陶錄 3.90.3	粺/陶錄 3.640.5
粺/陶錄 3.85.5	粺/陶錄 3.88.5	粺/陶錄 3.86.2	粺/陶錄 3.86.4			

九、中 部

164. 中

《說文解字・卷一・中部》：「🈳，艸木初生也。象丨出形，有枝莖也。古文或以爲艸字。讀若徹。凡中之屬皆从中。尹彤說。」甲骨文作🈳（合 15884）；金文作🈳（乍父戊簋）；楚系簡帛文字作🈳（郭.六.12）。林義光謂「音徹之中，

經傳未見。當從古文與艸同字。」〔註208〕

　　齊系「中」字承襲甲骨作 丫（齊幣 101），單字與偏旁字形相同，有些偏旁中形下部豎畫不出頭，例： （芊/陶錄 3.277.6）。偏旁「中」字字形或訛變成形近×形，例： （銰/璽彙 0234）。

　　「中」與「牛」字，陳劍認為，「告」字從牛聲；「造」字則從中聲。「告」與「屮」的區別為：雖有「屮」字訛作「告」形者，但「告」字卻沒有寫作「屮」的，即「告」形的中間豎筆的上方並無向左斜折的。齊系「告」和「屮」字字形亦如此。如「艁」字從「屮」作 （集成 17.11125）；「屮」字訛作「告」形作 （集成 17.11206）。

單　字						
中/先秦編 402	中/先秦編 402	中/先秦編 401	中/先秦編 396	中/先秦編 396	中/貨系 2509	中/貨系 2618
中/貨系 2510	中/貨系 2524	中/齊幣 422	中/齊幣 072	中/齊幣 073	中/齊幣 101	中/齊幣 259
中/齊幣 225	中/齊幣 229	中/齊幣 233				
偏　旁						
艸/陶錄 2.330.1	艸/陶錄 3.516.1	艸/陶錄 3.516.6	艸/陶錄 3.516.2	艸/陶錄 3.516.6	艸/陶錄 2.249.4	艸/陶錄 3.517.3
艸/陶錄 2.91.3	艸/陶錄 2.91.2	艸/陶錄 2.330.4	艸/陶錄 2.331.1	艸/陶錄 2.393.1	艸/陶錄 2.393.2	艸/陶錄 3.518.1
艸/陶錄 2.396.1	艸/陶錄 3.515.6	艸/陶錄 3.517.4	艸/陶錄 3.517.6	艸/後李一 1	癁/璽彙 2056	敖/璽彙 3725

〔註208〕林義光：《文源》，頁 67。

敊/璽彙 0643	芉/陶錄 3.277.5	竣/周金 6.132	芉/陶錄 3.277.6	寬/集成 16.10261	夠/陶錄 3.521.6	夠/璽彙 0234
夠/璽彙 3213	夠/璽考 312頁	夠/璽彙 0570	茈/璽彙 3142	纔/璽彙 0243	賁/璽彙 0250	寬/集成 09.4645
郜/集成 15.9729	郜/集成 15.9729	郜/集成 15.9730	鄆/璽彙 0152	鄆/璽考 57頁	鄆/璽考 58頁	茚/集成 18.12093
營/璽考 58頁	營/陶錄 2.32.2	營/陶錄 2.32.1	營/陶錄 2.32.3	范（萉）/ 陶錄 3.101.2	范（萉）/ 陶錄 3.102.1	范（萉）/ 陶錄 3.103.6
范（萉）/ 陶錄 3.103.1	范（萉）/ 陶錄 3.99.5	芟/陶錄 3.351.3	姊/璽彙 0331	芉/古研 29.396	芉/璽彙 5646	芉/集成 04.2426
魯/古研 29.310	鋯/集成 17.11120	敊/集成 17.10962	造/山東 877頁	造/文物 2002.5.95	造/新收 1983	造/歷文 2007.5.15
造/古貨幣 227	舶/集成 04.2422	賠/陶錄 3.146.2	賠/陶錄 3.146.1	賠/陶錄 3.146.3	酷/陶錄 2.562.3	舶/山東853 頁
舶/山東860 頁	舶/新收 1110	舶/新收 1069	舶/集成 17.11125	舶/集成 17.10968	舶/集成 17.11125	舶/集成 17.11006
舶/集成 18.11609	舶/集成 17.11124	舶/集成 17.11089	舶/集成 17.11080	舶/集成 17.11124	舶/三代 20.11.2	清/璽彙 0156
肯/陶彙 3.804	慕/集成 09.4649	蘆/璽彙 2196	劃/陶彙 3.789	劃/陶彙 3.788	劃/陶錄 3.17.4	劃/陶錄 3.17.1

尃/陶錄 3.17.2	尃/陶錄 3.17.5	鎛/集成 01.285	鎛/集成 01.271	鎛/集成 01.140	敷/陶錄 3.263.4	敷/陶錄 3.263.2
敷/陶錄 3.263.1	敷/陶錄 3.263.5	敷/璽彙 3122	敷/璽彙 3634	欂/陶錄 2.568.2	欂/陶錄 2.570.2	欂/陶錄 2.298.3
欂/陶錄 2.362.4	專/集成 01.285	專/集成 01.285	專/集成 01.272	專/集成 01.274	專/集成 01.282	專/集成 01.274
專/集成 01.275	專/古研 23.98	圃/集成 17.11651	蔑/陶錄 2.52.2	蔑/陶錄 2.282.1	蔑/陶錄 2.683.1	蔑/陶錄 2.572.2
蔑/陶錄 2.305.3	蔑/陶錄 2.307.3	蔑/陶錄 2.363.4	蔑/陶錄 2.365.1	蔑/陶錄 2.367.4	蔑/陶錄 2.368.3	蔑/陶錄 2.567.1
蔑/陶錄 2.369.1	蔑/陶錄 2.370.2	蔑/陶錄 2.373.1	蔑/陶錄 2.376.2	蔑/陶錄 2.377.1	蔑/陶錄 2.379.1	蔑/陶錄 3.642.1
蔑/陶錄 2.379.4	蔑/陶錄 2.380.1	蔑/陶錄 2.386.3	蔑/陶錄 2.387.3	蔑/陶錄 2.386.1	蔑/陶錄 2.380.3	蔑/陶錄 2.298.1
蔑/陶錄 2.380.4	蔑/陶錄 2.385.4	蔑/陶錄 2.389.2	蔑/陶錄 2.385.4	蔑/陶錄 2.362.1	蔑/陶錄 2.362.3	蔑/陶錄 2.298.3
蔑/陶錄 2.362.1	蔑/陶錄 2.362.3	蔑/陶錄 2.362.4	蔑/陶錄 2.369.3	蔑/陶錄 2.369.4	蔑/陶錄 2.382.3	蔑/陶錄 2.307.4
蔑/陶錄 2.383.4	蔑/陶錄 2.387.1	蔑/陶錄 2.387.2	蔑/陶錄 2.683.3	蔑/陶錄 2.389.3	蔑/陶錄 2.363.3	蔑/陶錄 2.565.1

蔓/陶錄 2.293.1	蔓/陶錄 2.570.2	蔓/陶錄 2.572.1	蔓/陶錄 2.51.1	蔓/陶錄 2.652.1	蔓/陶錄 2.52.1	蔓/後李三 6
蔓/歷博 41.4	蔓/璽彙 3755	蔓/桓台 40	蒦/陶錄 2.65.1	蒦/陶錄 2.166.1	蒦/陶錄 2.176.1	蒦/陶錄 3.41.3
蒦/陶錄 2.85.3	蒦/陶錄 2.176.3	蒦/陶錄 2.38.1	蒦/陶錄 2.224.1	蒦/陶錄 2.58.2	蒦/陶錄 2.59.3	蒦/陶錄 2.240.4
蒦/陶錄 2.61.1	蒦/陶錄 2.63.1	蒦/陶錄 2.64.4	蒦/陶錄 2.171.1	蒦/陶錄 2.172.1	蒦/陶錄 2.75.4	蒦/陶錄 2.240.3
蒦/陶錄 2.66.1	蒦/陶錄 2.68.3	蒦/陶錄 2.69.1	蒦/陶錄 2.70.3	蒦/陶錄 2.66.3	蒦/陶錄 2.70.4	蒦/陶錄 2.236.2
蒦/陶錄 2.72.1	蒦/陶錄 2.73.4	蒦/陶錄 2.77.1	蒦/陶錄 2.80.3	蒦/陶錄 2.81.3	蒦/陶錄 2.65.3	蒦/陶錄 2.236.1
蒦/陶錄 2.82.1	蒦/陶錄 2.82.2	蒦/陶錄 2.81.2	蒦/陶錄 2.82.4	蒦/陶錄 2.225.3	蒦/陶錄 2.83.1	蒦/陶錄 2.60.2
蒦/陶錄 2.85.1	蒦/陶錄 2.135.3	蒦/陶錄 2.135.4	蒦/陶錄 2.140.3	蒦/陶錄 2.141.1	蒦/陶錄 2.144.3	蒦/陶錄 2.86.3
蒦/陶錄 2.169.3	蒦/陶錄 2.164.1	蒦/陶錄 2.164.3	蒦/陶錄 2.166.3	蒦/陶錄 2.182.4	蒦/陶錄 2.167.1	蒦/陶錄 2.664.1
蒦/陶錄 2.167.2	蒦/陶錄 2.144.4	蒦/陶錄 2.169.2	蒦/陶錄 2.171.3	蒦/陶錄 2.171.4	蒦/陶錄 2.174.2	蒦/陶錄 2.212.1

蒦/陶錄 2.174.3	蒦/陶錄 2.170.1	蒦/陶錄 2.170.3	蒦/陶錄 2.178.1	蒦/陶錄 2.179.1	蒦/陶錄 2.184.1	蒦/陶錄 2.249.4
蒦/陶錄 2.185.3	蒦/陶錄 2.190.1	蒦/陶錄 2.190.3	蒦/陶錄 2.198.1	蒦/陶錄 2.198.3	蒦/陶錄 2.200.1	蒦/陶錄 2.248.3
蒦/陶錄 2.200.3	蒦/陶錄 2.205.1	蒦/陶錄 2.205.2	蒦/陶錄 2.196.1	蒦/陶錄 2.194.1	蒦/陶錄 2.206.1	蒦/陶錄 2.247.1
蒦/陶錄 2.206.4	蒦/陶錄 2.209.3	蒦/陶錄 2.211.1	蒦/陶錄 2.211.2	蒦/陶錄 2.213.3	蒦/陶錄 2.218.2	蒦/陶錄 2.264.1
蒦/陶錄 2.218.4	蒦/陶錄 2.186.3	蒦/陶錄 2.220.3	蒦/陶錄 2.226.1	蒦/陶錄 2.231.1	蒦/陶錄 2.233.1	蒦/陶錄 2.660.1
蒦/陶錄 2.233.3	蒦/陶錄 2.234.1	蒦/陶錄 2.238.1	蒦/陶錄 2.60.2	蒦/陶錄 2.65.4	蒦/璽考 66頁	蒦/璽考 66頁
蒦/璽考 65頁	蒦/璽考 65頁	蒦/璽考 65頁	蒦/璽考 66頁	蒦/璽考 66頁	蒦/後李一7	蒦/後李一5
蒦/後李一8	蒦/桓台 41	蒦/桓台 41	蒦/集成 09.4668	蒦/璽彙 2301	蒦/歷博 43.16	靜/集成 16.10361
歸/集成 09.4640	歸/集成 15.9733	葉/新泰 8	葉/新泰 7	葉/新泰 5	莫/璽考 42頁	莫/陶錄 2.665.2
淖/集成 09.4648	淖/集成 09.4649	淖/集錄 004	淖/陶錄 2.410.1	淖/陶錄 2.410.3	淖/陶錄 2.410.3	淖/陶錄 2.411.3

淖/陶錄 2.565.1	淖/陶錄 2.567.1	淖/陶錄 3.191.3	淖/陶錄 3.192.1	淖/陶錄 2.412.4	淖/陶錄 2.568.3	淖/陶錄 2.669.4
淖/陶錄 2.672.1	淖/陶錄 2.686.1	淖/陶錄 3.191.1	淖/陶錄 3.193.5	淖/陶錄 3.191.5	淖/陶錄 3.191.2	淖/陶錄 3.191.4
淖/陶錄 3.191.3	淖/陶錄 3.193.1	淖/陶錄 3.192.6	淖/陶錄 3.193.2	淖/陶錄 3.190.5	淖/陶錄 3.190.6	淖/陶錄 3.191.6
淖/陶錄 3.194.1	淖/陶錄 3.194.2	淖/陶錄 3.194.4	淖/陶錄 3.194.3	淖/陶錄 3.194.5	淖/陶錄 3.586.1	淖/陶錄 3.646.1
淖/歷博 45.31	淖/山東 103 頁	淖/山東 103 頁	淖/山東 103 頁	淖/山東 103 頁	萌/陶錄 3.605.3	菽（焭）/ 陶錄 2.291.1
菽（焭）/ 陶錄 2.291.4	菽（焭）/ 陶錄 2.291.3	菽（焭）/ 後李四 1	柭/陶錄 2.523.1	萊/陶錄 2.49.4	賸/陶彙 3.299	賸/陶錄 2.178.3
菨/集成 17.10962	蘆/璽彙 1954	蘆/璽彙 0576	蘆/璽彙 1465	蘆/璽彙 3544	蘆/璽彙 5677	薦/集成 09.4621
薦/集成 09.4649	薦/集成 09.4620	賣/集成 16.10374	賣/集成 16.10374	藿/新收 1028	師/集成 01.273	師/集成 01.273
師/集成 01.272	師/集成 01.272	師/集成 01.285	師/集成 01.285	師/集成 01.285	師/集成 01.285	師/集成 01.276
師/集成 01.285	師/集成 15.9733	師/山東 809 頁	薛（薛）/ 集成 16.10817	芅/璽彙 3676	芅/陶錄 2.284.2	蘆（蓎）/ 陶彙 3.282

荊/陶錄 3.603.3	刅（創）/ 陶錄 3.346.3	刅（創）/ 陶錄 3.348.3	刅（創）/ 陶錄 3.348.1	刅（創）/ 陶錄 3.346.6	刅（創）/ 陶錄 3.345.1	刅（創）/ 陶錄 3.346.5
刅（創）/ 陶錄 3.346.4	刅（創）/ 陶錄 3.347.1	刅（創）/ 陶錄 3.349.2	刅（創）/ 陶錄 3.350.1	刅（創）/ 陶錄 3.346.1	苹/璽考 50 頁	折/集成 15.9729
折/集成 15.9730	茆（弟）/ 收藏家 2011.11.25	茆（弟）/ 集成 17.11211				

165. 丰

《說文解字・卷六・生部》：「丰，艸盛丰丰也。从生，上下達也。」甲骨文作（合 15788）、（合 35501）；金文作（丁丰卣）。林義光謂「象草盛形，下象其根蟠結。」[註209]

　　齊系偏旁「丰」字承襲甲骨，「丰」形下部或為有點形，例：（絆/陶錄 2.71.3）；或無點形，例：（邦/集成 15.9703）；或為短橫畫，例：（邦/齊幣 286）；或為點形和短橫畫，例：（邦/齊幣 273）。

偏　旁						
侢/陶錄 2.172.2	侢/陶錄 2.172.3	邦/錢典 856	邦/錢典 857	邦/錢典 863	邦/古研 29.396	邦/先秦編 396
邦/先秦編 396	邦/集成 09.4647	邦/集成 09.4648	邦/集成 01.245	邦/集成 01.271	邦/集成 16.10361	邦/集成 15.9703
邦/集成 15.9975	邦/集成 09.4646	邦/璽彙 3819	邦/璽彙 5625	邦/璽彙 1590	邦/璽彙 1942	邦/齊幣 280

[註209] 林義光：《文源》，頁 167。

邦/齊幣 271	邦/齊幣 272	邦/齊幣 39	邦/齊幣 40	邦/齊幣 41	邦/齊幣 284	邦/齊幣 286
邦/齊幣 273	邦/齊幣 276	邦/齊幣 275	邦/齊幣 277	邦/齊幣 281	邦/貨系 2549	邦/貨系 2575
邦/貨系 2547	邦/貨系 2548	邦/貨系 2578	邦/貨系 2586	邦/璽考 312 頁	邦/璽考 67 頁	邦/璽考 67 頁
奉/璽考 295 頁	夆/陶錄 2.544.3	夆/陶錄 2.543.1	夆/陶錄 3.557.1	夆/陶錄 2.544.4	夆/陶錄 2.546.4	夆/陶錄 2.544.1
夆/陶錄 2.543.2	夆/璽彙 3499	夆/璽彙 3746	夆/集成 02.696	夆/集成 03.894	夆/集成 10.5245	夆/集成 10.5245
夆/集成 16.10282	夆/集成 06.3130	夆/新收 1160	夆/新收 1162	襏/陶錄 2.547.1	襏/陶錄 2.547.2	襏/陶錄 2.547.3
襏/陶錄 2.527.3	襏/陶錄 2.546.2	封/陶錄 3.478.6	襏/陶錄 2.528.1	襏/陶錄 2.533.1	襏/陶錄 2.546.1	襏/陶錄 2.533.4
襏/陶錄 2.534.2	襏/陶錄 2.534.4	襏/陶錄 2.535.3	封（坴）/ 錢典 983	封（坴）/ 錢典 982	封（坴）/ 錢典 981	封（坴）/ 璽彙 5706
封（坴）/ 起源 26	封（坴）/ 東亞 6.15	封（坴）/ 東亞 6.15	封（坴）/ 東亞 6.15	封（坴）/ 齊幣 38	封（坴）/ 齊幣 37	封（坴）/ 齊幣 36
封（坴）/ 貨系 4019	封（坴）/ 貨系 4019	封（坴）/ 貨系 2541	封（坴）/ 貨系 2542	封（坴）/ 貨系 2543	封（坴）/ 貨系 2544	封（坴）/ 貨系 2545

封（垏）/ 貨系 2546	封（垏）/ 集成 16.10154	封（垏）/ 先秦編 397	封（垏）/ 先秦編 397	絓/陶錄 2.71.3	絓/陶錄 2.71.1	

166. 生

《說文解字·卷六·生部》：「■，進也。象艸木生出土上。凡生之屬皆从生。」甲骨文作■（合 20348）、■（合 13924）；金文作■（士上盉）、■（尹姞鬲）、■（頌簋）；楚系簡帛文字作■（郭.語 2.15）、■（郭.語 1.2）。李孝定謂「从中从一。一，地也，象艸木生出地上。」[註210]

齊系「生」字承襲甲骨金文，有■、■、■三種字形，與楚系字形相同。

單　字						
生/璽彙 1509	生/璽彙 3692	生/璽彙 0645	生/璽彙 0657	生/集成 01.276	生/集成 01.285	生/集成 04.2354
生/集成 01.271	生/集成 12.6511	生/集成 12.6511	生/陶錄 2.256.1	生/陶錄 3.294.5	生/陶錄 3.317.5	生/陶錄 3.318.5
生/陶錄 3.312.4	生/陶錄 3.313.3	生/陶錄 2.470.1	生/陶錄 3.312.1	生/陶錄 2.473.4	生/齊幣 214 背文	生/齊幣 220 背文
生/齊幣 215	生/齊幣 216	生/齊幣 217	生/齊幣 218	生/齊幣 219	生/山東 871 頁	生/古研 29.311
生/貨系 2614	生/貨系 2616					
偏　旁						
牲/集成 01.271	牲/陶錄 2.470.2	牲/陶錄 2.473.3	�/璽彙 0238	精/璽彙 3547	鮏/桓台 40	鮏/璽彙 1143

[註210] 李孝定：《甲骨文字集釋》，頁 2100。

鮭/陶錄 2.84.2	鮭/陶錄 3.603.5	鮭/陶錄 2.470.1	鮭/陶錄 2.472.1	鮭/陶錄 2.473.4	鮭/陶錄 2.677.1	鮭/陶錄 2.84.1
輔/璽彙 0196	袿/陶錄 2.538.1	袿/陶錄 2.538.3	袿/陶錄 2.537.4	袿/陶錄 2.540.3	袿/陶錄 2.540.1	袿/陶錄 2.529.2
袿/陶錄 2.526.1	袿/陶錄 2.526.2	袿/陶錄 2.528.4	袿/陶錄 2.530.3	袿/陶錄 2.546.3	袿/陶錄 3.41.4	袿/陶錄 2.529.1
袿/陶錄 2.529.3	袿/陶錄 2.671.1	袿/陶錄 2.541.1	袿/陶錄 2.542.3	袿/後李三3	娙/陶錄 2.242.1	娙/陶錄 2.551.2
娙/陶錄 2.551.1	匡/集成 09.4593					

167. 屯

《說文解字·卷一·屮部》:「屯,難也。象艸木之初生。屯然而難。从屮貫一。一,地也。尾曲。《易》曰:『屯,剛柔始交而難生。』」甲骨文作（合06768）；金文作（小克鼎）、（師望鼎）、（頌壺）；楚系簡帛文字作（信2.23）、（曾.44）。高鴻縉謂「象艸木初生根芽而孚甲未脫之形。」〔註211〕

齊系「屯」字字形或在「屮」形上部加短橫畫,例:（忳/陶錄2.738.4）；或在下部加短橫畫,例:（屯/張莊磚文圖三）；或「屮」形訛變並在字形上下部增加短橫畫或點形,例:（屯/集成01.285）、（屯/集成01.277）；或字形中部作圓形,例:（山璽016）。

單 字						
屯/集成 01.285	屯/集成 01.285	屯/集成 01.274	屯/集成 01.277	屯/璽彙 3690	屯/璽彙 0259	屯/張莊磚 文圖四

〔註211〕高鴻縉:《中國字例》,頁222。

屯/張莊磚文圖一	屯/張莊磚文圖三	屯/山璽016	屯/錢典1194	屯/中原文物 2007.1	
偏　旁					
忳/歷博55.24	忳/璽彙3576	忳/陶錄2.738.4	春（旾）/陶錄2.654.2	忳/陶錄2.738.5	春（旾）/璽彙2415	純/集成16.10371

168. 帝

《說文解字·卷一·丄部》：「，諦也。王天下之號也。从丄朿聲。，古文帝。古文諸丄字皆从一，篆文皆从二。二，古文上字。辛示辰龍童音章皆从古文丄。」甲骨文作（合 30388）、（合 15973）；金文作（㝬簋）；楚系簡帛文字作（帛乙 9.29）、（上 2.子.1）。張日昇謂「帝乃蒂之初文，故知帝乃花與枝莖相連處。……⊢或口非蒂形，仍指示花萼與枝莖相連之部位。花之中央有花蕊，倒三角形中之直畫是也。……↑象花之枝莖以下，與木之𠈃同意。」〔註212〕

齊系「帝」字承襲甲骨作（集成 01.285），單字與偏旁字形相同，偏旁字形或中部繁化，例：（賳/陶錄 2.178.3）。

單　字					
帝/集成01.285	帝/集成01.275				
偏　旁					
帝（啻）/集成09.4649	敵（敵）/集成01.285	敵（敵）/集成01.273	敵（敵）/集成01.274	敵（敵）/集成01.285	賳/陶錄2.178.3	賳/陶彙3.299

169. 宀

《說文解字·卷六·宀部》：「，艸木華葉宀。象形。凡宀之屬皆从宀。，

〔註212〕周法高主編：《金文詁林》，頁 57。

古文。」用作偏旁時，金文作 ▓（罗/不榿方鼎）。李孝定謂「象華木生土上而華葉下巠之形，去土存巠，亦足以見意。」〔註213〕

　　齊系偏旁「巠」字與金文偏旁字形相同，偶有字形下部訛變，例：▓（垂/陶錄 2.560.4）、▓（垂/璽彙 1562）。

偏 旁						
▓	▓	▓	▓	▓	▓	▓
逕/陶錄 2.408.1	逕/陶錄 2.405.2	澄/集成 01.285	澄/銘文選 848	垂/璽彙 3754	垂/陶錄 2.560.4	垂/陶錄 2.702.4
▓	▓					
垂/璽彙 0209	垂/璽彙 1562					

170. 奉

　　《說文解字・卷十・夲部》：「▓，疾也。从夲卉聲。拜从此。」甲骨文作 ▓（合 34112）；金文作 ▓（叔簋）、▓（吳方彝蓋）、▓（王臣簋）。用作偏旁時，楚系簡帛文字作▓（載/清 1.耆.6）。林義光謂「象華飾之形。」〔註214〕冀小軍謂「奉字在金文車飾名稱中可能正是飾畫的意思，奉應該讀為雕。奉可讀為禱，禱字初文作嫸，這反映了奉與禱在語音上的密切關係。」〔註215〕

　　齊系偏旁「奉」字與金文▓形大致相同。

偏 旁						
▓	▓	▓	▓	▓	▓	▓
嫸/集成 03.717	嫸/集成 04.2494	嫸/集成 04.2494	嫸/集成 04.2495	嫸/集成 05.2642	嫸/集成 07.3897	嫸/集成 15.9688
▓	▓	▓	▓	▓	▓	▓
嫸/集成 15.9687	嫸/集成 07.3898	嫸/集成 07.3899	嫸/集成 07.3899	嫸/集成 07.3900	嫸/集成 07.3901	嫸/集成 07.3898

<hr>

〔註213〕李孝定：《甲骨文字集釋》，頁 2103。
〔註214〕林義光：《文源》，頁 142～143。
〔註215〕冀小軍：〈說甲骨金文中表祈求義的奉字——兼談奉字在金文車飾名稱中的用法〉，《湖北大學學報（哲學社會科學版）》，1991 年第 1 期，頁 43。

婡/遺珍 30頁	饝/遺珍 50頁	饝/集成 09.4441	饝/集成 09.4623	饝/集成 09.4624	饝/集成 09.4440	饝/集成 07.3939
饝/集成 09.4596	饝/集成 09.4592	饝/集成 05.2690	饝/集成 05.2692	饝/集成 07.3939	饝/集成 09.4595	饝/集成 09.4441
捧/集成 01.285	捧/集成 15.9729	捧/集成 01.273	捧/集成 01.275	捧/集成 01.282	捧/集成 01.285	捧/集成 15.9730
奏/遺珍 115頁	奏/遺珍 116頁					

171. 不

《說文解字・卷十二・不部》：「�，鳥飛上翔不下來也。从一，一猶天也。象形。凡不之屬皆从不。」甲骨文作 ▇（合 06199）、▇（合 01285）、▇（合 33951）；金文作 ▇（師酉簋）、▇（宋公差戈）；楚系簡帛文字作 ▇（包2.146）、▇（包 2.61）、▇（郭.唐.13）。王國維謂「象花萼全形。」〔註 216〕何琳儀謂「象草木根鬚之形。柎之初文。」〔註 217〕

　　齊系「不」字承襲甲骨，單字作 ▇（集成 01.245）、▇（集成 01.272）、▇（璽考 58 頁），偏旁字形與單字相同。

單　字						
不/集成 18.11608	不/集成 16.10374	不/集成 01.245	不/集成 16.10007	不/集成 15.9729	不/集成 15.9730	不/集成 01.92
不/集成 15.9733	不/集成 15.9733	不/集成 01.272	不/集成 01.272	不/集成 01.273	不/集成 01.274	不/集成 01.276

〔註 216〕王國維：《觀堂集林》，頁 139。
〔註 217〕何琳儀：《戰國古文字典》，頁 117。

不/集成 01.277	不/集成 01.285	不/集成 01.285	不/集成 08.4152	不/集成 09.4596	不/璽考 67 頁	不/璽考 301 頁
不/璽考 58 頁	不/璽考 58 頁	不/璽考 59 頁	不/璽彙 0243	不/璽彙 0266	不/璽彙 2301	不/陶錄 3.32.4
不/陶錄 2.14.4	不/陶錄 2.81.4	不/陶錄 2.81.3	不/陶錄 2.259.1	不/陶錄 2.259.2	不/陶錄 2.430.1	不/陶錄 3.32.1
不/陶錄 3.39.3	不/陶錄 2.13.2	不/陶錄 2.738.4	不/陶錄 3.524.2	不/陶錄 2.429.4	不/陶錄 3.32.6	不/陶錄 3.524.3
不/古研 29.310	不/古研 29.310	不/古研 29.310	不/古研 29.310	不/古研 29.311	不/集錄 1009	不/故宮 11.9.129
不/分域 946	不/山大 9	不/考古 1973.1	不/山東 235 頁			
偏　旁						
菠/集成 17.10962	罟/陶錄 3.385.6	鈈/臨淄 27 頁				

172. 帀

《說文解字・卷六・帀部》:「▉ ，周也。从反之而帀也。凡帀之屬皆从帀。周盛說。」甲骨文作▉（合 26845）；金文作▉（鐘白侵鼎）、▉（�君啟車節）、▉（楚王酓悍鼎）；楚系簡帛文字作▉（包 2.45）、▉（包 2.4）、▉（上 1.紂.20）。段注謂「从反屮而帀也。反屮謂倒之也。凡物順屮往復則周遍矣。」駱珍伊認為,「契文似从一,地也。下象樹根之形。地下之樹根有主幹,更有眾多歧出之須根,故『師』字从之而有『眾義』。又樹根張滿遍地,

故字亦有『周遍』之義。」〔註218〕

　　齊系「帀」字承襲甲骨，共有四種字形形態，與甲骨字形相同作 （帀/陶錄 3.593.2）；在此字形上部加短橫畫，例：（師/集成 01.272）；或下部加點形，例：（帀/璽考 60 頁）；或上部加短橫畫，下部加短橫畫，例：（帀/集成 15.9733）。

單　字						
帀/集成 16.10371	帀/集成 16.10361	帀/集成 15.9733	帀/璽彙 0019	帀/璽彙 0150	帀/璽彙 0157	帀/璽彙 0157
帀/璽彙 0147	帀/璽彙 0148	帀/璽彙 0152	帀/璽彙 0153	帀/璽彙 0154	帀/璽彙 0155	帀/璽彙 0156
帀/璽彙 0149	帀/璽彙 2185	帀/陶錄 3.593.2	帀/新收 1550	帀/璽考 64 頁	帀/璽考 58 頁	帀/璽考 60 頁
帀/璽考 56 頁	帀/璽考 60 頁	帀/璽考 57 頁	帀/璽考 57 頁	帀/璽考 57 頁		
偏　旁						
迊/璽考 45 頁	迊/集成 16.9559	迊/集成 16.9560	迊/陶錄 3.814	師/山東 809 頁	師/集成 01.285	師/集成 01.285
師/集成 01.285	師/集成 15.9733	師/集成 01.272	師/集成 01.272	師/集成 01.273	師/集成 01.273	師/集成 01.276
師/集成 01.285	師/集成 01.285					

〔註218〕駱珍伊：《〈上海博物館藏戰國楚竹書（七）～（九）〉與〈清華大學藏戰國竹簡（壹）～（叄）〉字根研究》，頁 273。

合文						
工币/文物 1997.6.17	工币/新收 1075					

173. 亥

《說文解字・卷十四・亥部》:「，荄也。十月，微陽起，接盛陰。从二，二，古文上字。一人男，一人女也。从乙，象裹子咳咳之形。《春秋傳》曰：『亥有二首六身。』凡亥之屬皆从亥。，古文亥爲豕，與豕同。亥而生子，復從一起。」甲骨文作（甲 2414）、（乙 7795）；金文作（邐方鼎）、（善鼎）、（虢季子白盤）；楚系簡帛文字作（包 2.182）。林義光謂「一象地，象根荄在地下形。」〔註 219〕

齊系「亥」字作（集成 09.4629）、（集成 15.9733），字形訛變後作（新收 1074）。

單字						
亥/集成 09.4629	亥/集成 09.4630	亥/集成 01.150	亥/集成 01.151	亥/集成 01.152	亥/集成 01.140	亥/集成 01.142
亥/集成 16.10163	亥/集成 16.10282	亥/集成 16.10151	亥/集成 01.245	亥/集成 07.4096	亥/集成 01.88	亥/集成 01.89
亥/集成 05.2732	亥/集成 08.4190	亥/集成 15.9733	亥/集成 01.271	亥/集成 16.10361	亥/集成 07.3939	亥/璽彙 2192
亥/新收 1781	亥/新收 1074					

174. 耑

《說文解字・卷七・耑部》:「，物初生之題也。上象生形，下象其根也。凡耑之屬皆从耑。」甲骨文作（合 08266）、（合 06842）；金文

〔註 219〕林義光：《文源》，頁 108。

作;楚系簡帛文字作、。羅振玉謂「增![]象水形,水可養植物者也。上从![]象植物初苗漸生歧葉之狀,形似止字而稍異。」〔註 220〕

齊系「耑」字單字作,與金文、楚系字形基本相同,單字與偏旁字形相同。

單　字						
![]	![]	![]	![]	![]	![]	![]
耑/陶錄 3.74.1	耑/陶錄 3.74.2	耑/陶錄 3.74.3	耑/陶錄 3.74.4	耑/陶錄 3.75.3	耑/陶錄 3.76.4	耑/陶錄 3.646.4
![]						
耑/陶錄 3.646.6						
偏　旁						
![]	![]	![]	![]			
偳/璽彙 1586	遄/集成 15.9729	遄/集成 15.9730	遄/周金 6.35			

175. 竹

《說文解字・卷五・竹部》:「![],冬生艸也。象形。下垂者,箁箬也。凡竹之屬皆从竹。」甲骨文作;金文作;楚系簡帛文字作。葉玉森謂「即竹之象形。古文篆作![],分為二个。卜辭象二小枝相連,上有個葉形。」〔註 221〕

齊系「竹」字承襲甲骨,與楚系字形相同,「竹」形的兩枝並不相連,例:。

偏　旁						
![]	![]	![]	![]	![]	![]	![]
葬(薮)/ 張莊磚文 圖一	葬(薮)/ 張莊磚文 圖二	葬(薮)/ 張莊磚文 圖三	葬(薮)/ 張莊磚文 圖四	簠(笑)/ 新收 1781	簠(笑)/ 集成 09.4630	簠(笑)/ 集成 09.4629

〔註 220〕羅振玉:《增訂殷虛書契考釋》卷中,頁 35。
〔註 221〕葉玉森:《殷虛書契前編集釋》卷二,頁 65。

櫚/齊幣 347	莒（鄣）/ 山東 103頁	莒（鄣）/ 山東 103頁	莒（鄣）/ 山東 103頁	莒（鄣）/ 集成 08.4152	莒（鄣）/ 集成 15.9733	莒（鄣）/ 齊幣 346
莒（鄣）/ 齊幣 331	莒（鄣）/ 齊幣 326	莒（鄣）/ 貨系 3792	莒（鄣）/ 貨系 3794	莒（鄣）/ 貨系 3785	莒（鄣）/ 貨系 3790	莒（鄣）/ 貨系 3789
莒（鄣）/ 貨系 3793	莒（鄣）/ 貨系 3791	莒（鄣）/ 貨系 3784	莒（鄣）/ 貨系 3786	節/璽考 60頁	節/璽考 60頁	節/璽彙 3395
節/錢典 980	節/歷博 1993.2.50	節/集成 16.10371	節/集成 16.10374	節/集成 18.12086	節/集成 18.12090	節/集成 16.10374
節/集成 18.12107	節/集成 18.12089	節/貨系 2563	節/貨系 2569	節/貨系 2548	節/貨系 2556	節/齊幣 294
節/齊幣 48	節/齊幣 82	節/齊幣 49	節/齊幣 64	節/齊幣 290	節/齊幣 288	節/齊幣 287
節/齊幣 40	節/齊幣 38	節/齊幣 54	節/齊幣 62	節/齊幣 58	節/齊幣 69	節/齊幣 61
節/齊幣 56	節/齊幣 72	節/齊幣 73	節/先秦編 394	節/先秦編 391	節/先秦編 391	節/先秦編 391
節/先秦編 391	節/先秦編 391	節/先秦編 394	節/先秦編 392	節/先秦編 394	節/先秦編 391	節/先秦編 392

節/貨系 3795	築/集成 16.10374	筥/璽考 61頁	筥/璽彙 0156	筥/璽彙 0314	箙/集成 17.10820
筱/錢典 1194					

散（簊）/山東 832頁	散（簊）/山東 833頁	散（簊）/尋繹 63	散（簊）/尋繹 63	散（簊）/新收 1168	散（簊）/集成 17.11033
散（簊）/集成 17.10963					
散（簊）/集成 08.4036	散（簊）/集成 18.12023	散（簊）/集成 17.11210	散（簊）/集成 08.4037	散（簊）/集成 17.11036	散（簊）/集成 18.12024
散（簊）/集成 17.11591					
散（簊）/集成 17.11101	籐/璽彙 5682	籐/璽彙 3112	籐/集成 17.10898	箔/集成 01.276	箔/集成 01.276
簹/銘文選 848					
簡/集成 01.285	簡/集成 01.271	簡/集成 01.272	簡/集成 01.285	簡/集成 01.285	簨/璽彙 3106
簨/璽彙 3107					
笣/陶錄 3.541.3					

重　文

簡/集成 01.278	簡/集成 01.280

176. 坴

《說文解字・卷一・屮部》：「［字形］，菌坴，地蕈。叢生田中。从屮六聲。［字形］，籀文坴从三坴。」甲骨文作［字形］（拾5.4）；金文作［字形］（坴父丁卣）。用作偏旁時，金文作［字形］（陸冊父庚卣）。季旭昇師認為，字象某種節肢動物之形。〔註222〕

　　齊系「坴」字偏旁與金文偏旁字形相同，或字形簡省上部的筆畫，聲化為

〔註222〕季旭昇師：《說文新證》，頁66。

「六」字，例：（陸/集成 15.9733）。

偏　旁						
聯/璽彙 0645	聯/璽彙 1509	陸/集成 17.11056	陸/集成 15.9733	陸/集成 01.102	陸/集成 17.10925	陸/集成 17.10926

十、土　部

177. 土

《說文解字・卷十三・土部》：「土，地之吐生物者也。二象地之下、地之中，｜，物出形也。凡土之屬皆从土。」甲骨文作（合 09753）、（合 36975）；金文作（亳鼎）、（猷鐘）、（公子土折壺）；楚系簡帛文字作土（望 1.54）、（上 2.從甲.2）。王襄謂「疑象土塊形，一為地，加丶丶諸形，象塵之飛揚。」〔註 223〕

齊系「土」字承襲甲骨，與金文、楚系字形相同。單字「土」主要作、形。用作偏旁時，除上述兩形，還會作、形，例如：（里/璽考 65 頁）、（繞/陶錄 2.517.2）。並省略部分筆劃後，變成｜、十等形，例如：（成/陶錄 3.176.3）、（成/集成 01.278）。另有「甲」、「七」、「才」、「十」字根作「十」形，詳見各字根。

單　字						
土/集成 15.9709	土/陶錄 2.600.1	土/陶錄 2.600.2	土/陶錄 2.602.1	土/陶錄 2.497.1	土/陶錄 2.494.1	土/陶錄 2.494.2
土/陶錄 2.494.3	土/陶錄 2.494.4	土/陶錄 2.495.1	土/陶錄 2.495.2	土/陶錄 2.495.4	土/陶錄 2.496.2	土/陶錄 2.496.3
土/陶錄 2.497.4	土/陶錄 2.599.2	土/陶錄 2.599.3	土/陶錄 2.599.4	土/陶錄 2.496.1	土/陶錄 2.698.2	土/陶錄 2.601.1

〔註 223〕王襄：《古文流變臆說》，頁 26。

土/陶錄 2.298.1	土/陶錄 2.298.3	土/陶錄 2.250.2	土/陶錄 2.603.1	土/陶錄 3.546.6	土/貨系 1116	土/貨系 2609
土/先秦編 402	土/先秦編 402	土/考古 1973.1	土/考古 1973.1			

<table>
<tr><td colspan="7" align="center">偏　旁</td></tr>
<tr>
<td>圭/陶錄
3.294.2</td>
<td>壬/集成
08.4096</td>
<td>仕/璽彙
1463</td>
<td>仕/集成
17.11049</td>
<td>仕/集成
17.11050</td>
<td>僅/璽彙
3690</td>
<td>邽/璽彙
2056</td>
</tr>
<tr>
<td>邽/璽彙
2057</td>
<td>郵/陶錄
3.611.1</td>
<td>郢/璽彙
0588</td>
<td>鄘/璽彙
2239</td>
<td>童/璽彙
1278</td>
<td>童/陶錄
2.562.1</td>
<td>聖/集成
17.11128</td>
</tr>
<tr>
<td>聖/集成
15.9729</td>
<td>聖/集成
01.172</td>
<td>聖/集成
01.175</td>
<td>聖/集成
01.177</td>
<td>聖/集成
01.271</td>
<td>聖/集成
01.271</td>
<td>聖/集成
05.2750</td>
</tr>
<tr>
<td>聖/集成
15.9730</td>
<td>聖/集成
01.180</td>
<td>聖/璽彙
0198</td>
<td>鐘/國史1金
1.13</td>
<td>鐘/集成
01.89</td>
<td>鐘/集成
01.47</td>
<td>鐘/集成
01.92</td>
</tr>
<tr>
<td>鐘/古文字
1.141</td>
<td>鍾/集成
01.285</td>
<td>鍾/集成
01.50</td>
<td>鍾/集成
01.149</td>
<td>鍾/集成
15.9729</td>
<td>鍾/集成
01.151</td>
<td>鍾/集成
01.149</td>
</tr>
<tr>
<td>鍾/集成
01.245</td>
<td>鍾/集成
01.245</td>
<td>鍾/集成
01.88</td>
<td>鍾/集成
01.102</td>
<td>鍾/集成
01.86</td>
<td>鐘/集成
01.14</td>
<td>鍾/集成
01.284</td>
</tr>
<tr>
<td>鍾/集成
01.277</td>
<td>鍾/集成
01.87</td>
<td>鍾/集成
15.9730</td>
<td>鍾/集成
01.277</td>
<td>鍾/山東
923頁</td>
<td>往/陶錄
3.458.2</td>
<td>往/陶錄
3.458.3</td>
</tr>
<tr>
<td>往/陶錄
3.458.5</td>
<td>往/陶錄
3.458.6</td>
<td>往/陶錄
3.459.2</td>
<td>往/陶錄
3.458.1</td>
<td>㙋/陶錄
3.504.4</td>
<td>痤/陶錄
2.679.3</td>
<td>𡖅/陶錄
2.674.4</td>
</tr>
</table>

毆/陶錄 2.675.2	毆/陶錄 2.438.1	毆/陶錄 2.439.3	毆/集成 16.10133	毆/集成 16.10263	毆/集成 01.285	毆/集成 01.276
毆/璽彙 5294	陵（陸）/ 歷文 2007.5.15	陵（陸）/ 臨淄 42～43頁	陵（陸）/ 臨淄42～ 43頁	陵（陸）/ 集成 17.11062	陵（陸）/ 集成 16.10371	陵（陸）/ 陶錄 2.13.1
陵（陸）/ 陶錄 2.14.3	陵（陸）/ 陶錄 2.14.4	陵（陸）/ 陶錄 2.14.2	陵（陸）/ 陶錄 2.35.3	陵（陸）/ 山東 747頁	陵（陸）/ 山東 748頁	陵（陸）/ 璽彙 0156
陵（陸）/ 璽彙 1128	陵（陸）/ 璽彙 2330	陵（陸）/ 璽考 37頁	陵（陸）/ 璽考 46頁	陵（陸）/ 新收 1083	陵（陸）/ 新收 1082	坒/璽彙 3923
均/陶錄 2.9.4	均/陶錄 2.20.4	均/陶錄 2.7.2	均/歷博 41.4	均/璽彙 3239	杢/陶錄 3.339.1	杢/陶錄 3.339.4
杢/璽考 31頁	悫/璽彙 3634	剄/陶錄 3.533.4	剄/陶錄 3.533.2	剄/陶錄 3.533.3	剄/陶錄 3.533.1	墨/錢典 980
墨/錢典 984	墨/璽考 60頁	墨/璽考 60頁	墨/齊幣 287	墨/齊幣 65	墨/齊幣 38	墨/齊幣 291
墨/齊幣 39	墨/齊幣 40	墨/齊幣 48	墨/齊幣 49	墨/齊幣 54	墨/齊幣 53	墨/齊幣 58
墨/齊幣 60	墨/齊幣 62	墨/齊幣 69	墨/齊幣 73	墨/齊幣 66	墨/齊幣 64	墨/齊幣 74
墨/齊幣 75	墨/齊幣 82	墨/齊幣 67	墨/齊幣 288	墨/貨系 2569	墨/貨系 2548	墨/貨系 2525

墨/貨系 2556	墨/先秦編 395	墨/先秦編 395	墨/先秦編 394	墨/先秦編 394	墨/先秦編 391	墨/先秦編 391
墨/先秦編 391	墨/先秦編 391	墨/先秦編 391	墨/先秦編 391	墨/先秦編 391	墨/先秦編 392	墨/陶錄 2.33.2
墨/集成 17.11160	堇/集成 15.9730	堇/集成 15.9729	堇/集成 15.9729	堇/集成 09.4596	堇/集成 09.4595	堇/集成 01.276
堇/集成 01.283	堇/集成 01.285	謹/山東 104 頁	窒/陶錄 2.646.1	窒/陶錄 2.241.1	窒/山東 832 頁	窒/山東 833 頁
窒/集成 17.11036	窒/集成 18.12023	窒/集成 18.12024	窒/集成 18.11591	窒/璽彙 0289	堯/璽彙 0262	曉/陶錄 3.269.3
曉/陶錄 3.269.5	曉/陶錄 3.268.3	曉/陶錄 3.268.5	曉/陶錄 3.268.6	曉/陶錄 3.269.1	曉/陶錄 3.269.2	曉/陶錄 3.268.2
嶢/陶錄 3.269.3	嶢/陶錄 3.268.6	嶢/陶錄 3.269.1	鄩/集成 01.285	憢/陶錄 2.60.3	憢/陶錄 2.60.2	醶/璽彙 2096
鄩/貨系 3795	壤/陶彙 3.165	壤/陶彙 3.164	繞/陶錄 2.517.3	繞/陶錄 2.517.4	/陶錄 2.676.1	繞/陶錄 2.516.4
繞/陶錄 2.515.1	繞/陶錄 2.515.2	繞/陶錄 2.515.3	繞/陶錄 2.515.4	繞/陶錄 2.516.1	繞/陶錄 2.516.3	繞/陶錄 2.517.1
繞/陶錄 2.518.1	繞/陶錄 2.517.2	鄩/陶錄 2.553.4	鄩/陶錄 2.553.3	執/集成 01.285	執/集成 01.278	執/集成 01.280

塽/歷博 1993.2	塽/集成 18.12107	堲/集成 17.11051	堲/集成 17.10824	聯/璽彙 0645	聯/璽彙 1509	阿（陘）/新 收 1542
阿（陘） /山東 803 頁	阿（陘）/ 山東 871 頁	阿（陘）/ 集成 17.11041	阿（陘）/ 集成 17.11001	阿（陘）/ 集成 17.11001	阿（陘） /周金 6.31	阿（陘）/ 璽彙 0313
阿（陘）/山 璽 004	戜/集成 01.273	戜/集成 01.285	諎/恒台 40	諎/陶錄 2.157.1	諎/陶錄 2.157.2	塼/集成 01.285
隉/集成 15.9700	隉/陶錄 2.185.4	隉/陶錄 2.185.3	對/中新網 2012.8.11	對/中新網 2012.8.11	對/集成 01.92	對/集成 01.273
對/集成 01.285	對/古研 29.311	對/古研 29.310	圠/陶錄 2.679.4	釐/集成 01.273	釐/集成 01.273	釐/集成 01.275
釐/集成 01.285	釐/集成 01.285	釐/集成 01.281	釐/集成 15.9733	釐/集成 01.92	釐/集成 02.663	釐/山東 161 頁
釐/山東 161 頁	坙/璽彙 0253	滕（塍）/ 集成 16.10144	滕（塍）/ 集成 03.669	市（坲）/ 陶錄 2.35.2	市（坲）/ 陶錄 2.644.1	市（坲）/ 陶錄 2.34.2
市（坲）/ 陶錄 2.27.5	市（坲）/ 陶錄 2.27.6	市（坲）/ 陶錄 2.28.1	市（坲）/ 陶錄 2.28.2	市（坲）/ 陶錄 2.29.3	市（坲）/ 陶錄 2.28.4	市（坲）/ 陶錄 2.30.2
市（坲）/ 陶錄 2.30.3	市（坲）/ 陶錄 2.30.4	市（坲）/ 陶錄 2.31.3	市（坲）/ 陶錄 2.31.4	市（坲）/ 陶錄 2.32.1	市（坲）/ 陶錄 2.32.3	市（坲）/ 陶錄 2.32.4

市（坤）/ 陶錄 2.10.1	市（坤）/ 陶錄 2.26.5	市（坤）/ 陶錄 2.26.6	市（坤）/ 陶錄 2.27.2	市（坤）/ 陶錄 2.27.3	市（坤）/ 陶錄 2.27.3	市（坤）/ 陶錄 2.27.4
市（坤）/ 陶錄 2.31.1	市（坤）/ 陶錄 2.27.1	市（坤）/ 陶錄 2.34.3	市（坤）/ 陶錄 2.35.1	市（坤）/ 陶錄 2.35.3	市（坤）/ 璽彙 1142	市（坤）/ 璽彙 3626
市（坤）/ 璽彙 0152	市（坤）/ 璽彙 0355	市（坤）/ 璽考 58 頁	市（坤）/ 璽考 59 頁	市（坤）/ 璽考 59 頁	市（坤）/ 璽考 59 頁	市（坤）/ 璽考 60 頁
市（坤）/ 璽考 60 頁	市（坤）/ 璽考 57 頁	市（坤）/ 璽考 58 頁	市（坤）/ 璽考 58 頁	市（坤）/ 山璽 001	賑/陶錄 3.306.6	賑/陶錄 3.306.1
賑/陶錄 3.306.3	賑/陶錄 3.306.2	賑/陶錄 3.305.5	賑/陶錄 3.304.1	賑/陶錄 3.12.1	賑/陶錄 3.303.6	賑/陶錄 3.307.4
賑/陶錄 3.301.2	賑/陶錄 3.300.2	賑/陶錄 3.300.5	賑/陶錄 3.301.3	賑/陶錄 3.306.4	賑/陶錄 3.306.5	賑/璽彙 3999
賑/歷博 53.11	填/歷博 1993.2	徒/璽彙 0019	徒/集成 17.10971	徒/集成 09.4689	徒/集成 16.10316	徒/集成 09.4690
徒/集成 17.11049	徒/集成 17.11050	徒/集成 17.11024	徒/集成 17.11158	徒/集成 01.285	徒/集成 17.11084	徒/集成 17.11086
徒/集成 04.2593	徒/集成 17.11205	徒/集成 09.4415	徒/集成 09.4415	徒/集成 09.4691	徒/集成 09.4691	徒/集成 16.10316

徒/集成 16.10277	徒/集成 01.273	徒/集成 01.273	徒/集成 01.2285	徒/陶錄 3.5.2	徒/陶錄 3.5.3	徒/新收 1499
徒/山東 87頁	徒/考古 2011.10.28	徒/璽考 40頁	懐/陶錄 2.314.3	懐/陶錄 2.314.4	懐/璽彙 3538	懐/璽彙 0589
㞼/集成 09.4644	陽（陽）/ 集錄 1138	陽（陽）/ 集成 17.11156	陽（陽）/ 尋繹 63頁	坴/陶錄 3.339.2	坴/陶錄 3.339.3	坴/陶錄 3.339.5
狹/璽考 66頁	杜/璽彙 2415	杜/陶錄 2.34.3	桯/璽彙 3701	桯/璽彙 2414	野/璽彙 3992	野/陶錄 3.484.3
𧤒/璽彙 0172	𧤒/璽彙 3547	堵/集成 01.285	年（秊）/ 瑯琊網 2012.4.18	年（秊）/ 集成 01.102	年（秊）/ 集成 01.149	年（秊）/ 集成 16.10154
年（秊）/ 集成 01.102	年（秊）/ 集成 01.178	年（秊）/ 集成 15.9709	年（秊）/ 集成 16.10316	年（秊）/ 集成 09.4566	年（秊）/ 集成 16.10163	年（秊）/ 集成 01.285
年（秊）/ 集成 01.278	年（秊）/ 集成 01.175	年（秊）/ 集成 15.9729	年（秊）/ 集成 15.9730	年（秊）/ 集成 15.9704	年（秊）/ 集成 09.4567	年（秊）/ 集成 16.10318
年（秊）/ 集成 05.2592	窖/集成 08.4190	糧/國史1金 1.13	封（坅）/ 集成 16.10154	封（坅）/ 先秦編 397	封（坅）/ 先秦編 397	封（坅）/ 貨系 2545
封（坅）/ 貨系 2546	封（坅）/ 貨系 4019	封（坅）/ 貨系 4019	封（坅）/ 貨系 2541	封（坅）/ 貨系 2542	封（坅）/ 貨系 2543	封（坅）/ 貨系 2544

封（埒）/ 璽彙 5706	封（埒）/ 齊幣 37	封（埒）/ 齊幣 36	封（埒）/ 齊幣 38	封（埒）/ 東亞 6.15	封（埒）/ 東亞 6.15	封（埒）/ 東亞 6.15
封（埒）/ 起源 26	封（埒）/ 錢典 982	封（埒）/ 錢典 981	封（埒）/ 錢典 983	絑/陶錄 2.71.1	垂/陶錄 2.702.4	垂/陶錄 2.560.4
垂/璽彙 1562	垂/璽彙 3754	垂/璽彙 0209	陸/集成 17.10926	陸/集成 17.11056	陸/集成 15.9733	陸/集成 01.102
陸/集成 17.10925	丘/陶錄 3.247.5	丘/陶錄 3.247.4	丘/陶錄 3.247.6	丘/陶錄 3.649.5	丘/陶錄 3.649.6	丘/陶錄 3.36.4
丘/陶錄 3.37.1	丘/陶錄 3.38.3	丘/陶錄 3.598.3	丘/陶錄 3.247.1	丘/璽考 53 頁	丘/歷博 1993.2	丘/集成 18.12107
官（宣）/ 文物 2008.1.95	陞/陶錄 2.193.1	陞/陶錄 2.403.1	陞/陶錄 2.665.4	陞/陶錄 2.191.3	陞/陶錄 2.191.1	陞/陶錄 2.192.1
陳（墜）/ 集成 17.10816	陳（墜） /集成 17.11036	陳（墜）/ 集成 17.11126	陳（墜）/ 集成 17.11260	陳（墜）/ 集成 17.11081	陳（墜）/ 集成 16.10371	陳（墜）/ 集成 16.10371
陳（陳）/ 集成 17.11033	陳（墜）/ 集成 17.11083	陳（墜）/ 集成 17.11128	陳（墜）/ 集成 17.11035	陳（墜）/ 集成 16.10374	陳（墜）/ 集成 17.11082	陳（墜）/ 集成 17.11127
陳（墜）/ 集成 15.9975	陳（墜）/ 集成 15.9975	陳（墜）/ 集成 15.9703	陳（墜）/ 集成 15.9703	陳（陳）/ 集成 18.12023	陳（墜）/ 集成 18.12024	陳（墜）/ 集成 17.11086

陳（塦）/ 集成 17.11087	陳（塦）/ 集成 17.11035	陳（塦）/ 集成 17.11037	陳（塦）/ 集成 17.11031	陳（塦）/ 集成 15.9700	陳（塦）/ 集成 17.11591	陳（塦）/ 集成 07.4096
陳（塦）/ 集成 09.4596	陳（塦）/ 集成 09.4646	陳（塦）/ 集成 09.4649	陳（塦）/ 集成 09.4647	陳（塦）/ 集成 09.4648	陳（塦）/ 集成 08.4190	陳（塦）/ 集成 09.4645
陳（塦）/ 璽彙 1457	陳（塦） /璽彙 1463	陳（塦）/ 璽彙 1465	陳（塦）/ 璽彙 1466	陳（塦）/ 璽彙 1480	陳（塦）/ 璽彙 1481	芑陳（塦）/ 璽彙 1478
陳（塦）/ 璽彙 1479	陳（塦）/ 璽彙 1472	陳（塦）/ 璽彙 1473	陳（塦）/ 璽彙 1475	陳（塦）/ 璽彙 1469	陳（塦）/ 璽彙 1464	陳（塦）/ 璽彙 1460
陳（陳） /璽彙 1468	陳（塦）/ 璽彙 0289	陳（塦）/ 璽彙 0290	陳（塦）/ 璽彙 0291	陳（陳） /璽彙 1462	陳（塦）/ 璽考 42 頁	陳（塦）/ 璽考 42 頁
陳（塦）/ 璽考 41 頁	陳（塦）/ 陶彙 3.19	陳（塦）/ 陶錄 2.1.1	陳（塦）/ 陶錄 2.3.3	陳（塦）/ 陶錄 2.14.3	陳（塦）/ 陶錄 2.13.2	陳（塦）/ 陶錄 2.564.3
陳（塦）/ 陶錄 2.4.3	陳（塦）/ 陶錄 2.3.1	陳（塦）/ 陶錄 2.5.2	陳（塦）/ 陶錄 2.5.4	陳（塦）/ 陶錄 2.6.1	陳（塦）/ 陶錄 2.6.2	陳（塦）/ 陶錄 2.6.3
陳（塦）/ 陶錄 2.11.3	陳（塦）/ 陶錄 2.11.4	陳（塦）/ 陶錄 2.15.4	陳（塦）/ 陶錄 2.15.5	陳（塦）/ 陶錄 2.16.2	陳（塦）/ 陶錄 2.17.1	陳（塦）/ 陶錄 2.11.1
陳（塦）/ 陶錄 2.17.2	陳（塦）/ 陶錄 2.18.1	陳（塦）/ 陶錄 2.18.2	陳（塦）/ 陶錄 2.18.3	陳（塦）/ 陶錄 2.18.4	陳（塦）/ 陶錄 2.8.2	陳（塦）/ 陶錄 2.7.1

陳（塦）/陶錄2.7.2	陳（塦）/陶錄2.654.1	陳（塦）/陶錄2.10.1	陳（塦）/陶錄2.10.3	陳（塦）/陶錄2.13.1	陳（塦）/陶錄2.14.3	陳（塦）/陶錄2.15.1
陳（塦）/陶錄2.16.3	陳（塦）/陶錄2.20.3	陳（塦）/陶錄2.21.1	陳（塦）/陶錄2.20.1	陳（塦）/陶錄2.34.2	陳（塦）/陶錄2.219.3	陳（塦）/陶錄2.646.1
陳（塦）/陶錄2.9.2	陳（塦）/桓台41	陳（塦）/桓台40	陳（塦）/新泰1	陳（塦）/新泰2	陳（塦）/新泰5	陳（塦）/新泰6
陳（塦）/新泰7	陳（塦）/新泰8	陳（塦）/新泰9	陳（塦）/新泰13	陳（塦）/新泰16	陳（塦）/新泰17	陳（塦）/新泰19
陳（塦）/新泰20	陳（塦）/新泰21	陳（塦）/新泰22	陳（塦）/山大1	陳（塦）/山大2	陳（塦）/山大3	陳（塦）/山大5
陳（塦）/山大8	陳（塦）/山大9	陳（塦）/山大10	陳（塦）/山大11	陳（塦）/山大12	陳（塦）/山東76頁	陳（塦）/山東76頁
陳（塦）/山東103頁	陳（塦）/山東103頁	陳（塦）/新收1861	陳（塦）/新收1032	陳（塦）/新收1499	陳（塦）/考古2011.10.28	陳（塦）/歷文2007.5.15
陳（塦）/澂秋28	里/後李三3	里/後李四4	里/新收1175	里/集成16.10383	里/集成16.10367	里/集成09.4668
里/集成17.11156	里/集成17.11154	里/集成17.11155	里/集成16.10366	里/璽彙2195	里/璽彙3122	里/璽考42頁
里/璽考59頁	里/璽考65頁	里/璽考65頁	里/璽考65頁	里/璽考66頁	里/璽考66頁	里/璽考66頁

里/璽考 67頁	里/璽考 67頁	里/璽考 42頁	里/陶錄 2.290.2	里/陶錄 2.497.4	里/陶錄 2.50.3	里/陶錄 2.393.4
里/陶錄 2.3.2	里/陶錄 2.3.3	里/陶錄 2.5.2	里/陶錄 2.6.1	里/陶錄 2.8.1	里/陶錄 2.8.3	里/陶錄 2.10.1
里/陶錄 2.11.1	里/陶錄 2.11.4	里/陶錄 2.15.1	里/陶錄 2.19.4	里/陶錄 2.24.1	里/陶錄 2.24.2	里/陶錄 2.24.3
里/陶錄 2.25.1	里/陶錄 2.38.1	里/陶錄 2.40.2	里/陶錄 2.48.4	里/陶錄 2.49.3	里/陶錄 2.49.4	里/陶錄 2.50.1
里/陶錄 2.50.4	里/陶錄 2.52.1	里/陶錄 2.54.3	里/陶錄 2.55.1	里/陶錄 2.55.3	里/陶錄 2.56.1	里/陶錄 2.56.2
里/陶錄 2.59.3	里/陶錄 2.61.1	里/陶錄 2.60.2	里/陶錄 2.64.2	里/陶錄 2.65.1	里/陶錄 2.65.4	里/陶錄 2.69.3
里/陶錄 2.71.1	里/陶錄 2.74.1	里/陶錄 2.75.3	里/陶錄 2.75.4	里/陶錄 2.76.3	里/陶錄 2.80.4	里/陶錄 2.82.1
里/陶錄 2.83.1	里/陶錄 2.90.3	里/陶錄 2.92.3	里/陶錄 2.95.2	里/陶錄 2.95.3	里/陶錄 2.97.2	里/陶錄 2.98.2
里/陶錄 2.99.1	里/陶錄 2.99.3	里/陶錄 2.101.1	里/陶錄 2.101.4	里/陶錄 2.102.2	里/陶錄 2.106.4	里/陶錄 2.109.1
里/陶錄 2.111.2	里/陶錄 2.113.2	里/陶錄 2.113.4	里/陶錄 2.114.1	里/陶錄 2.116.2	里/陶錄 2.120.2	里/陶錄 2.130.1

里/陶錄 2.134.4	里/陶錄 2.144.4	里/陶錄 2.152.1	里/陶錄 2.155.1	里/陶錄 2.159.3	里/陶錄 2.160.4	里/陶錄 2.161.1
里/陶錄 2.164.3	里/陶錄 2.166.1	里/陶錄 2.166.3	里/陶錄 2.167.1	里/陶錄 2.169.1	里/陶錄 2.173.2	里/陶錄 2.176.1
里/陶錄 2.182.2	里/陶錄 2.185.3	里/陶錄 2.186.3	里/陶錄 2.187.1	里/陶錄 2.191.3	里/陶錄 2.194.1	里/陶錄 2.197.2
里/陶錄 2.201.1	里/陶錄 2.205.3	里/陶錄 2.212.1	里/陶錄 2.218.4	里/陶錄 2.225.1	里/陶錄 2.240.4	里/陶錄 2.248.3
里/陶錄 2.257.2	里/陶錄 2.258.3	里/陶錄 2.259.1	里/陶錄 2.259.3	里/陶錄 2.262.2	里/陶錄 2.263.2	里/陶錄 2.263.4
里/陶錄 2.264.1	里/陶錄 2.264.3	里/陶錄 2.267.3	里/陶錄 2.268.4	里/陶錄 2.269.2	里/陶錄 2.271.4	里/陶錄 2.279.3
里/陶錄 2.280.2	里/陶錄 2.280.4	里/陶錄 2.281.1	里/陶錄 2.282.3	里/陶錄 2.284.1	里/陶錄 2.284.3	里/陶錄 2.285.3
里/陶錄 2.285.4	里/陶錄 2.286.2	里/陶錄 2.287.2	里/陶錄 2.275.1	里/陶錄 2.288.2	里/陶錄 2.289.1	里/陶錄 2.292.2
里/陶錄 2.292.3	里/陶錄 2.293.1	里/陶錄 2.298.3	里/陶錄 2.299.2	里/陶錄 2.300.1	里/陶錄 2.305.2	里/陶錄 2.307.4
里/陶錄 2.308.1	里/陶錄 2.309.1	里/陶錄 2.311.1	里/陶錄 2.312.4	里/陶錄 2.314.3	里/陶錄 2.315.1	里/陶錄 2.316.1

里/陶錄 2.319.4	里/陶錄 2.320.1	里/陶錄 2.323.3	里/陶錄 2.326.1	里/陶錄 2.326.4	里/陶錄 2.328.3	里/陶錄 2.332.3
里/陶錄 2.337.2	里/陶錄 2.337.3	里/陶錄 2.338.3	里/陶錄 2.696.2	里/陶錄 2.343.2	里/陶錄 2.348.2	里/陶錄 2.348.4
里/陶錄 2.358.1	里/陶錄 2.360.3	里/陶錄 2.362.3	里/陶錄 2.363.2	里/陶錄 2.367.3	里/陶錄 2.371.3	里/陶錄 2.378.3
里/陶錄 2.386.1	里/陶錄 2.386.3	里/陶錄 2.390.1	里/陶錄 2.389.3	里/陶錄 2.391.3	里/陶錄 2.392.1	里/陶錄 2.392.4
里/陶錄 2.393.3	里/陶錄 2.394.1	里/陶錄 2.397.1	里/陶錄 2.397.3	里/陶錄 2.397.4	里/陶錄 2.401.3	里/陶錄 2.401.4
里/陶錄 2.403.1	里/陶錄 2.404.3	里/陶錄 2.404.4	里/陶錄 2.405.1	里/陶錄 2.405.2	里/陶錄 2.408.3	里/陶錄 2.409.1
里/陶錄 2.409.2	里/陶錄 2.409.3	里/陶錄 2.411.4	里/陶錄 2.415.4	里/陶錄 2.418.1	里/陶錄 2.422.3	里/陶錄 2.426.3
里/陶錄 2.435.3	里/陶錄 2.436.1	里/陶錄 2.436.4	里/陶錄 2.438.3	里/陶錄 2.440.1	里/陶錄 2.445.4	里/陶錄 2.449.2
里/陶錄 2.455.4	里/陶錄 2.458.4	里/陶錄 2.465.1	里/陶錄 2.475.2	里/陶錄 2.478.4	里/陶錄 2.489.2	里/陶錄 2.497.3
里/陶錄 2.499.1	里/陶錄 2.509.4	里/陶錄 2.515.1	里/陶錄 2.521.2	里/陶錄 2.523.2	里/陶錄 2.524.3	里/陶錄 2.526.1

里/陶錄 2.527.3	里/陶錄 2.529.1	里/陶錄 2.671.1	里/陶錄 2.537.1	里/陶錄 2.538.3	里/陶錄 2.546.1	里/陶錄 2.548.1
里/陶錄 2.548.3	里/陶錄 2.549.2	里/陶錄 2.550.2	里/陶錄 2.547.4	里/陶錄 2.555.2	里/陶錄 2.559.3	里/陶錄 2.561.1
里/陶錄 2.567.1	里/陶錄 2.575.1	里/陶錄 2.750.1	里/陶錄 2.750.3	里/陶錄 3.612	里/陶錄 3.616	里/陶錄 2.526.1
里/山東 740 頁	里/山東 741 頁	里/山東 741 頁	里/山東 740 頁	里/文博 2011.2	疆/集成 01.087	疆/璽彙 4031
疆/璽彙 2204	疆/璽彙 3479	塚/璽彙 3508	塚/璽彙 5678	墟/璽彙 3328	萬（壨）/ 集成 01.102	萬（壨）/ 集成 01.149
萬（壨）/ 集成 01.245	萬（壨）/ 山東 108 頁	壨/遺珠圖 144	埗/璽考 44 頁	鑒/璽考 41 頁	鑒墓/璽彙 0314	盛/璽彙 1319
塭/陶錄 3.331.1	塭/陶錄 3.331.2	塭/陶錄 3.331.3	塭/陶錄 3.332.4	塭/陶錄 3.332.5	塭/陶錄 3.332.5	塭/陶錄 3.333.1
塭/陶錄 3.333.2	基/陶錄 3.326.1	基/陶錄 3.326.2	基/陶錄 3.326.3	基/陶錄 3.326.4	坙/璽彙 1149	縪/陶彙 3.1101
在/集成 01.140	在/集錄 543	在/雪齋 2.72	壨/陶錄 2.358.2	壨/陶錄 2.23.1	壨/陶錄 2.218.3	壨/璽考 282 頁

璽/璽考 69頁	璽/桓台 41	璽/璽彙 0222	璽/璽彙 0272	成/古研 29.310	成/考古 1999.1.96	成/璽彙 3700
成/集成 01.278	成/集成 01.285	成/集成 01.285	成/集成 01.285	成/陶錄 3.176.2	成/陶錄 3.176.3	成/陶錄 3.177.1
成/陶錄 3.176.1	成/陶錄 3.176.6	成/璽考 32頁	成/璽考 31頁	城/遺錄 6.46	城/收藏家 2011.11.25	城/集成 17.10989
城/集成 17.10900	城/集成 17.10966	城/集成 17.11154	城/集成 18.11815	城/集成 17.11154	城/集成 17.11155	城/集成 17.10998
城/璽彙 0150	城/璽彙 0150	城/新收 1169	城/新收 1983	城/新收 1167	城/新收 1167	城/璽考 31頁
鹹/璽彙 3751	鹹/集成 17.11025	鹹/集成 17.11024	鹹/集成 17.10967	鹹/陶錄 2.641.2	鹹/陶錄 2.576.3	鹹/陶錄 2.640.4
鹹/陶錄 2.627.4	鹹/陶錄 2.637.4	鹹/陶錄 2.580.1	鹹/陶錄 2.568.3	鹹/陶錄 2.609.1	鹹/陶錄 2.567.1	鹹/陶錄 2.568.3
鹹/陶錄 2.570.4	鹹/陶錄 2.573.1	鹹/陶錄 2.687.3	鹹/陶錄 2.573.3	鹹/陶錄 2.577.3	鹹/陶錄 2.578.1	鹹/陶錄 2.584.4
鹹/陶錄 2.587.1	鹹/陶錄 2.593.3	鹹/陶錄 2.590.3	鹹/陶錄 2.593.2	鹹/陶錄 2.589.1	鹹/陶錄 2.589.3	鹹/陶錄 2.594.1
鹹/陶錄 2.594.2	鹹/陶錄 2.595.1	鹹/陶錄 2.595.2	鹹/陶錄 2.595.3	鹹/陶錄 2.595.4	/陶錄 2.596.1	鹹/陶錄 2.596.2

馘/陶錄 2.607.1	馘/陶錄 2.618.2	馘/陶錄 2.605.4	馘/陶錄 2.599.1	馘/陶錄 2.599.3	馘/陶錄 2.600.2	馘/陶錄 2.601.1
馘/陶錄 2.602.4	馘/陶錄 2.603.1	馘/陶錄 2.603.4	馘/陶錄 2.604.1	馘/陶錄 2.604.2	馘/陶錄 2.604.3	馘/陶錄 2.605.1
馘/陶錄 2.617.2	馘/陶錄 2.617.3	馘/陶錄 2.610.2	馘/陶錄 2.611.3.	馘/陶錄 2.613.1	馘/陶錄 2.613.2	馘/陶錄 2.612.1
馘/陶錄 2.619.1	馘/陶錄 2.622.2	馘/陶錄 2.623.1	馘/陶錄 2.696.1	馘/陶錄 2.628.3	馘/陶錄 2.629.2	馘/陶錄 2.631.3
馘/陶錄 2.630.1	馘/陶錄 2.635.2	馘/陶錄 2.636.1	馘/陶錄 2.636.4	馘/陶錄 2.638.2	坊/陶錄 3.639.1	坪/山東 768 頁
坪/集成 17.11020	㝵/璽彙 0273	㝵/璽彙 0312	㝵/璽彙 0334	㝵/璽彙 0265	㝵/璽彙 0336	㝵/陶錄 2.632.2
㝵/陶錄 2.293.1	㝵/陶錄 2.325.1	㝵/陶錄 2.326.1	㝵/陶錄 2.678.3	㝵/陶錄 2.744.4	㝵/陶錄 2.744.6	㝵/陶錄 2.252.3
㝵/陶錄 2.267.3	㝵/陶錄 2.309.2	㝵/陶錄 2.267.1	㝵/陶錄 2.267.3	㝵/陶錄 2.283.1	㝵/陶錄 2.283.3	㝵/陶錄 2.293.1
㝵/陶錄 2.293.2	㝵/陶錄 2.293.4	㝵/陶錄 2.341.2	㝵/陶錄 2.339.3	㝵/陶錄 2.341.1	㝵/陶錄 2.343.1	㝵/陶錄 2.347.1
㝵/陶錄 2.349.1	㝵/陶錄 2.350.3	㝵/陶錄 2.450.1	㝵/陶錄 2.451.2	㝵/陶錄 2.455.1	㝵/陶錄 2.456.3	㝵/陶錄 2.456.4

坓/陶錄 2.457.3	坓/陶錄 2.459.2	坓/陶錄 2.460.3	坓/陶錄 2.461.2	坓/陶錄 2.461.3	坓/陶錄 2.462.2	坓/陶錄 2.577.1
坓/陶錄 2.578.4	坓/陶錄 2.579.1	坓/陶錄 2.572.1	坓/陶錄 2.573.1	坓/陶錄 2.529.1	坓/陶錄 2.743.1	坓/陶錄 2.748.4
坓/陶錄 2.744.1	坓/陶錄 2.743.2	坓/陶錄 2.747.1	坓/陶錄 2.747.2	坓/陶錄 2.744.5	坓/陶錄 2.746.6	坓/陶錄 2.748.2
坓/陶錄 2.558.5	坓/陶錄 2.594.1	坓/陶錄 2.632.3	坓/陶錄 2.628.5	坓/後李四 8	坓/後李二 3	坓/後李 7
坓/桓台 40	坓/桓台 40	坓/考古 2008.11.27	坓/璽考 64 頁	坓/璽考 64 頁	塙/後李三 12	塙/陶錄 2.437.4
塙/陶錄 2.410.1	塙/陶錄 2.411.1	塙/陶錄 2.423.3	塙/陶錄 2.423.4	塙/陶錄 2.672.1	塙/陶錄 2.414.1	塙/陶錄 2.414.2
塙/陶錄 2.414.3	塙/陶錄 2.413.2	塙/陶錄 2.418.1	塙/陶錄 2.421.2	塙/陶錄 2.422.1	塙/陶錄 2.422.3	塙/陶錄 2.417.2
塙/陶錄 2.669.4	塙/陶錄 2.668.2	塙/陶錄 2.668.3	塙/陶錄 2.427.1	塙/陶錄 2.428.2	塙/陶錄 2.429.4	塙/陶錄 2.430.1
塙/陶錄 2.431.1	塙/陶錄 2.431.2	塙/陶錄 2.429.2	塙/陶錄 2.431.3	塙/陶錄 2.434.3	塙/陶錄 2.435.1	塙/陶錄 2.435.2
塙/陶錄 2.435.3	塙/陶錄 2.436.1	塙/陶錄 2.436.2	塙/陶錄 2.436.4	堂/陶錄 2.4.1	堂/璽彙 3999	

合　文						
讚里/璽彙 0538	讚里/璽彙 0546	豆里/陶錄 2.461.2	豆里/陶錄 2.462.2	豆里/陶錄 2.502.4	豆里/陶錄 2.461.1	豆里/陶錄 2.461.4
豆里/陶錄 2.499.2	豆里/陶錄 2.525.2	豆里/陶錄 2.502.2				

178. 山

《說文解字・卷九・山部》:「▮，宣也。宣气散，生萬物，有石而高。象形。凡山之屬皆从山。」甲骨文作▮（合 05949）、▮（合 30393）；金文作▮（山且庚觚）、▮（大克鼎）；楚系簡帛文字作▮（包 2.215）、▮（上 2.容.40）。李孝定謂「象三峰並立之形。」〔註224〕

　　齊系「山」字承襲金文字形，與楚系字形相同。「山」與「火」字形近易訛，詳見「火」字根。

單　字					
山/集成 17.11084	山/山大 7				
偏　旁					
屾/分域 946	辱/陶錄 3.486.2	岳/璽彙 3518	滕（塍）/ 集成 17.11123	滕（塍）/ 集成 17.11077	滕（塍）/ 集成 17.11078	滕（塍）/ 集成 18.11608
滕（塍）/ 集成 17.11079	滕（塍）/ 集成 03.565	滕（塍）/ 集成 06.3670	滕（塍）/ 集成 04.2154	滕（塍）/ 集成 04.2525	滕（塍）/ 集成 09.4635	滕（塍）/ 古研 23.98

〔註224〕李孝定:《甲骨文字集釋》，頁 2913。

媵（脛）/新收 1733	陽（陽）/集成 17.11154	陽（陽）/集成 17.11155	岳/陶錄 2.299.1	義/陶錄 3.431.2	義/陶錄 3.431.3	岡/陶錄 3.656.2
岡/陶錄 3.593.1	岡/陶錄 3.656.2	岡/陶錄 2.289.4	密/集成 17.10972	密/集成 17.11023		
合　文						
中山/新泰 13						

179. 丘

《說文解字·卷八·丘部》：「，土之高也，非人所爲也。从北从一。一，地也，人居在丘南，故从北。中邦之居，在崑崙東南。一曰四方高，中央下爲丘。象形。凡丘之屬皆从丘。今隸變作丘。，古文从土。」甲骨文作（合08388）；金文作（商丘弔簠）、（子禾子釜）；楚系簡帛文字作（包 2.90）。商承祚謂「丘爲高阜，似山而低，故甲骨文作兩峰以象意。」〔註225〕

齊系單字和偏旁「丘」字與金文、形相同，或在兩峰之間加一短橫畫，例：（丘/璽彙 4013）；或在字形下部加飾筆橫畫，例：（丘/陶錄 2.52.1）。此外，「丘」字形還會發生訛變，兩峰之形訛變成二人背對之形，例（丘/集成 15.9733）；或加義符「土」字，例：（丘/陶錄 3.247.5）；或加聲符「丌」，例：（丘/陶錄 3.113.2）。

單　字						
丘/集成 17.11078	丘/集成 16.10374	丘/集成 15.9733	丘/集成 15.9733	丘/集成 17.11073	丘/集成 17.11265	丘/集成 04.2082
丘/集成 16.10194	丘/集成 17.11069	丘/齊幣 189	丘/集錄 1153	丘/璽彙 3938	丘/璽彙 3757	丘/璽彙 4014

〔註225〕商承祚：《殷契佚存》（北京：北京圖書館出版社，2000 年），頁 86。

丘/璽彙 2235	丘/璽彙 3508	丘/璽彙 4010	丘/璽彙 0277	丘/璽彙 4012	丘/璽彙 4013	丘/璽考 314 頁
丘/璽考 314 頁	丘/璽考 63 頁	丘/陶彙 3.612	丘/陶彙 3.616	丘/陶錄 3.113.1	丘/陶錄 3.113.6	丘/陶錄 2.358.2
丘/陶錄 2.51.1	丘/陶錄 2.52.1	丘/陶錄 2.289.3	丘/陶錄 2.395.1	丘/陶錄 2.395.3	丘/陶錄 2.396.2	丘/陶錄 2.396.3
丘/陶錄 2.396.4	丘/陶錄 2.397.1	丘/陶錄 2.397.3	丘/陶錄 2.397.4	丘/陶錄 2.398.1	丘/陶錄 2.398.3	丘/陶錄 2.399.1
丘/陶錄 2.399.2	丘/陶錄 2.400.2	丘/陶錄 2.400.4	丘/陶錄 2.401.3	丘/陶錄 2.403.3	丘/陶錄 2.403.4	丘/陶錄 2.405.1
丘/陶錄 2.405.2	丘/陶錄 2.405.4	丘/陶錄 2.406.2	丘/陶錄 2.409.4	丘/陶錄 2.407.1	丘/陶錄 2.407.3	丘/陶錄 2.409.1
丘/陶錄 2.409.2	丘/陶錄 2.560.4	丘/陶錄 2.651.1	丘/山東 877 頁	丘/山東 853 頁	丘/文明 6.200	
偏　旁						
邱/璽彙 2201	恳/陶錄 2.96.3	恳/陶錄 2.37.2	恳/陶錄 2.38.1	恳/陶錄 2.40.2	恳/陶錄 2.221.2	恳/陶錄 2.221.3
恳/陶錄 2.222.2	恳/陶錄 2.222.3	恳/陶錄 2.96.1	丘/陶錄 3.38.3	丘/陶錄 3.649.5	丘/陶錄 3.649.6	丘/陶錄 3.36.4
丘/陶錄 3.247.1	丘/陶錄 3.247.5	丘/陶錄 3.247.4	丘/陶錄 3.247.6	丘/陶錄 3.112.6	丘/陶錄 3.37.1	丘/陶錄 3.598.3

 丘/陶錄 3.113.2	 丘/歷博 1993.2	 丘/集成 18.12107	 丘/璽考 53頁	 岳/陶錄 2.299.1	
合　文					
 石丘/璽彙 3532					

180. 𠂤

《說文解字・卷十四・𠂤部》：「（圖），小𠂤也。象形。凡𠂤之屬皆从𠂤。」甲骨文作（圖）（合 20270）；金文作（圖）（大盂鼎）；楚系簡帛文字作（圖）（清 2.繫.38）。裘錫圭謂「是『堆』的古字，在古代有可能用來指人工堆築的堂基一類建築。堆是高出於地面的。」〔註 226〕

齊系單字和偏旁「𠂤」字與金文（圖）形基本相同。唯用於「展」字中，字形不同，字形上下兩部分寫作一起，並出現「中」形飾筆。

單　字					
 𠂤/中新網 2012.8.11					
偏　旁					
 展/集成 18.12088	 展/集成 16.9940	 展/新收 1079	 展/新收 1080	 展/璽彙 0330	 遣/集成 07.4040
 遣/集成 07.4029	 遣/集成 07.4029	 遣/集成 07.4040	 遣/集成 04.2422	 遣/山東 668頁	 歸/集成 15.9733
 歸/集成 09.4640	 追/山東 668頁	 追/集成 07.4040	 追/集成 07.4040	 追/集成 01.88	 追/集成 01.89
 追/集成 09.4458	 追/集成 01.90	 追/集成 09.4458			

※ 表格排版依原件，偏旁各欄位置如下：

展/集成18.12088	展/集成16.9940	展/新收1079	展/新收1080	展/璽彙0330	遣/集成07.4040
遣/集成07.4029	遣/集成07.4029	遣/集成07.4040	遣/集成04.2422	遣/山東668頁	歸/集成15.9733
歸/集成09.4640	追/山東668頁	追/集成07.4040	追/集成07.4040	追/集成01.88	追/集成01.89
追/集成09.4458	追/集成01.90	追/集成09.4458	追/集成01.89	追/集成09.4458	追/集成01.90

〔註226〕裘錫圭：〈釋殷虛卜辭中與建築有關的兩個詞──門塾與𠂤〉，《裘錫圭學術文集》卷一，頁 302。

追/集成 08.4190	追/中新網 2012.8.11	追/中新網 2012.8.11	薛（薛）/集成 16.10817	官（宦）/文物 2008. 1.95	館/陶錄 3.549.5	館/陶錄 3.549.6
師/集成 01.285	師/集成 15.9733	師/集成 01.272	師/集成 01.272	師/集成 01.273	師/集成 01.273	師/集成 01.276
師/集成 01.285	師/集成 01.285	師/集成 01.285	師/集成 01.285	師/山東 809頁	帥/山東 104頁	

181. 阜

《說文解字・卷十四・𨸏部》：「𨸏，大陸，山無石者。象形。凡𨸏之屬皆从𨸏。𨸏，古文。」甲骨文作𨸏（合 20600）、𨸏（合 07860）。用作偏旁時，金文作𨸏（陸/陸册父甲卣）、𨸏（陸/𨸏公鈃鐘）；楚系簡帛文字作𨸏（地/清 1.金.5）。王筠謂「蓋如畫坡陀者然，層層相重纍也。」〔註 227〕

齊系單字和偏旁「阜」字承襲甲骨𨸏形。

偏　旁						
鞄（鞌）/集成 01.271	鞄（鞌）/歷文 2009.2.51	陵（陸）/歷文 2007.5.15	陕/璽考 69頁	陵（陸）/璽彙 2330	陵（陸）/璽彙 0156	陵（陸）/璽彙 1128
陵（陸）/璽考 46頁	陵（陸）/璽考 37頁	陵（陸）/臨淄 42～43頁	陵（陸）/臨淄 42～43頁	陵（陸）/新收 1082	陵（陸）/新收 1083	陵（陸）/山東 748頁
陵（陸）/山東 747頁	陵（陸）/集成 16.10371	陵（陸）/集成 17.11062	陵（陸）/陶錄 2.14.3	陵（陸）/陶錄 2.14.4	陵（陸）/陶錄 2.14.2	陵（陸）/陶錄 2.35.3

〔註 227〕清・王筠：《說文釋例》，頁 30。

陵（陸）/陶錄 2.13.1	悤/陶錄 2.252.4	阿/集成 17.11158	阿/集成 17.10923	阿/小校 10.16.1	阿（陞）/集成 17.11001	阿（陞）/集成 17.11041
阿（陞）/集成 17.11001	阿（陞）/新收 1542	阿（陞）/山璽 004	阿（陞）/璽彙 0313	阿（陞）/周金 6.31	阿（陞）/山東 871 頁	阿（陞）/山東 803 頁
陰/集成 09.4445	陰/集成 09.4443	陰/集成 09.4444	陰/集成 09.4444	陰（陰）/山東 768 頁	陰（陰）/集成 18.11609	陞/集成 15.9700
陞/陶錄 2.185.4	陞/陶錄 2.185.3	尊（障）/古研 29.311	尊（障）/古研 29.310	尊（障）/考古 2010.8.33	尊（障）/考古 2010.8.33	尊（障）/考古 2011.2.16
尊（障）/集成 05.2641	尊（障）/集成 14.9096	尊（障）/集成 16.10007	尊（障）/集成 04.2268	尊（障）/集成 03.614	尊（障）/集成 04.2146	尊（障）/集成 06.3670
尊（障）/集成 08.4127	尊（障）/集成 07.4037	尊（障）/集成 07.3893	尊（障）/集成 07.3828	尊（障）/集成 07.4019	尊（障）/集成 05.2640	尊（障）/集成 03.608
尊（障）/集成 03.593	尊（障）/集成 07.3831	尊（障）/新收 1091	尊（障）/山東 172 頁	尊（障）/山東 173 頁	尊（障）/山東 189 頁	尊（障）/山東 235 頁
尊（障）/璽彙 1956	陽/新收 1498	陽/集成 09.4442	陽/集成 09.4444	陽/集成 09.4445	陽/集成 09.4443	陽/集成 09.4443
陽/集成 18.11581	陽/集成 18.11471	陽/集成 17.11017	陽/集成 17.10945	陽（陽）/集成 17.11154	陽（陽）/集成 17.11155	陽（陞）/集成 17.11156

陽（𨸏）/ 尋繹 63 頁	陽（𨸏）/集 錄 1138	澗/陶彙 3.1021	澗/陶錄 3.350.4	澗/陶錄 3.350.5	澗/陶錄 3.350.6	澗/陶錄 3.520.1
澗/陶錄 3.520.2	陸/集成 01.102	陸/集成 17.11056	陸/集成 15.9733	陸/集成 17.10925	陸/集成 17.10926	陸/陶錄 2.665.4
陞/陶錄 2.191.3	陞/陶錄 2.191.1	陞/陶錄 2.192.1	陞/陶錄 2.193.1	陞/陶錄 2.403.1	陳（敶）/ 歷文 2007.5.15	陳（敶）/ 考古 2011.10.28
陳（敶）/ 集成 17.10816	陳（敶）/ 集成 17.11036	陳（敶）/ 集成 17.11126	陳（敶）/ 集成 17.11260	陳（敶）/ 集成 17.11081	陳（敶）/ 集成 16.10371	陳（敶）/ 集成 16.10371
陳（敶）/ 集成 17.11033	陳（敶）/ 集成 17.11083	陳（敶）/ 集成 17.11128	陳（敶）/ 集成 17.11035	陳（敶）/ 集成 16.10374	陳（敶）/ 集成 17.11082	陳（敶）/ 集成 17.11127
陳（敶）/ 集成 15.9975	陳（敶）/ 集成 15.9975	陳（敶）/ 集成 15.9703	陳（敶）/ 集成 15.9703	陳（敶）/ 集成 18.12023	陳（敶）/ 集成 18.12024	陳（敶）/ 集成 17.11086
陳（敶）/ 集成 17.11087	陳（敶）/ 集成 17.11035	陳（敶）/ 集成 17.11037	陳（敶）/ 集成 17.11031	陳（敶）/ 集成 15.9700	陳（敶）/ 集成 17.11591	陳（敶）/ 集成 07.4096
陳（敶）/ 集成 09.4596	陳（敶）/ 集成 09.4646	陳（敶）/ 集成 09.4649	陳（敶）/ 集成 09.4647	陳（敶）/ 集成 09.4648	陳（敶）/ 集成 08.4190	陳（敶）/ 集成 09.4645
陳（敶）/ 璽彙 1457	陳（敶）/ 璽彙 1463	陳（敶）/ 璽彙 1465	陳（敶）/ 璽彙 1466	陳（敶）/ 璽彙 1480	陳（敶）/ 璽彙 1481	陳（敶）/ 璽彙 1478

陳（陞）/璽彙 1479	陳（陞）/璽彙 1472	陳（陞）/璽彙 1473	陳（陞）/璽彙 1475	陳（陞）/璽彙 1469	陳（陞）/璽彙 1464	陳（陞）/璽彙 1460
陳（陞）/璽彙 1468	陳（陞）/璽彙 0289	陳（陞）/璽彙 0290	陳（陞）/璽彙 0291	陳（陞）/璽彙 1462	陳（陞）/璽考 42 頁	陳（陞）/璽考 42 頁
陳（陞）/璽考 41 頁	陳（陞）/陶彙 3.19	陳（陞）/陶錄 2.1.1	陳（陞）/陶錄 2.3.3	陳（陞）/陶錄 2.4.3	陳（陞）/陶錄 2.7.1	陳（陞）/陶錄 2.7.2
陳（陞）/陶錄 2.8.2	陳（陞）/陶錄 2.3.1	陳（陞）/陶錄 2.5.2	陳（陞）/陶錄 2.5.4	陳（陞）/陶錄 2.6.1	陳（陞）/陶錄 2.6.2	陳（陞）/陶錄 2.6.3
陳（陞）/陶錄 2.11.3	陳（陞）/陶錄 2.11.4	陳（陞）/陶錄 2.15.4	陳（陞）/陶錄 2.15.5	陳（陞）/陶錄 2.16.2	陳（陞）/陶錄 2.17.1	陳（陞）/陶錄 2.11.1
陳（陞）/陶錄 2.17.2	陳（陞）/陶錄 2.18.1	陳（陞）/陶錄 2.18.2	陳（陞）/陶錄 2.18.3	陳（陞）/陶錄 2.18.4	陳（陞）/陶錄 2.14.3	陳（陞）/陶錄 2.13.2
陳（陞）/陶錄 2.564.3	陳（陞）/陶錄 2.9.2	陳（陞）/陶錄 2.10.1	陳（陞）/陶錄 2.10.3	陳（陞）/陶錄 2.13.1	陳（陞）/陶錄 2.14.3	陳（陞）/陶錄 2.15.1
陳（陞）/陶錄 2.16.3	陳（陞）/陶錄 2.20.3	陳（陞）/陶錄 2.21.1	陳（陞）/陶錄 2.20.1	陳（陞）/陶錄 2.34.2	陳（陞）/陶錄 2.219.3	陳（陞）/陶錄 2.646.1
陳（陞）/陶錄 2.654.1	陳（陞）/山東 103 頁	陳（陞）/山東 76 頁	陳（陞）/山東 103 頁	陳（陞）/山東 76 頁	陳（陞）/新收 1861	陳（陞）/新收 1032

陳（塦）/ 新收 1499	陳（塦）/ 桓台 40	陳（塦）/ 桓台 41	陳（塦）/ 新泰 1	陳（塦）/ 新泰 2	陳（塦）/ 新泰 5	陳（塦）/ 新泰 6
陳（塦）/ 新泰 7	陳（塦）/ 新泰 8	陳（塦）/ 新泰 9	陳（塦）/ 新泰 13	陳（塦）/ 新泰 16	陳（塦）/ 新泰 17	陳（塦）/ 新泰 19
陳（塦）/ 新泰 20	陳（塦）/ 新泰 21	陳（塦）/ 新泰 22	陳（塦）/ 山大 1	陳（塦）/ 山大 2	陳（塦）/ 山大 3	陳（塦）/ 山大 5
陳（塦）/ 山大 8	陳（塦）/ 山大 9	陳（塦）/ 山大 10	陳（塦）/ 山大 11	陳（塦）/ 山大 12	陳（塦）/ 澂秋 28	陳/ 集成 09.4630
陳/集成 17.11038	陳/集成 17.11031	陳/集成 17.11084	陳/集成 09.4630	陳/集成 17.11034	陳/集成 17.10964	陳/新收 1781
陳/新收 1781						

182. 谷

《說文解字・卷十一・谷部》：「▨，泉出通川爲谷。从水半見，出於口。凡谷之屬皆从谷。」甲骨文作▨（合 24471）；金文作▨（啟卣）；楚系簡帛文字作▨（郭.老甲.32）。李孝定謂「从仌口會意，兩山分處是為谷矣。口則象谷口也。」〔註 228〕

齊系「谷」字偏旁字形承襲甲骨、金文字形。

偏　旁					
頜/陶錄 2.403.3					

〔註 228〕李孝定：《甲骨文字集釋》，頁 3415。

183. 玉

《說文解字‧卷一‧玉部》:「王，石之美。有五德：潤澤以溫，仁之方也；䚡理自外，可以知中，義之方也；其聲舒揚，專以遠聞，智之方也；不橈而折，勇之方也；銳廉而不技，絜之方也。象三玉之連。丨，其貫也。凡玉之屬皆从玉。𤣬，古文玉。」甲骨文作 ∓ （合 34148）、∣∣∣ （合 06653）；金文作王（禹鼎）；楚系簡帛文字作 （望 1.54）。李孝定謂「象多玉之連，其數非必二或三也。」〔註 229〕

齊系單字和偏旁「玉」字與金文 ∓ 形相同。偶有偏旁字形筆畫簡省並訛變，例：𤣥（鄭/璽彙 1885）。

單　字						
玉/集成 15.9730	玉/集成 15.9730					
偏　旁						
璧/集成 15.9730	璧/集成 15.9730	璧/集成 15.9730	璧/集成 15.9729	璧/集成 15.9729	璧/集成 15.9729	玭/陶錄 3.523.2
頊/璽彙 3234	揚/古研 29.311	揚/古研 29.310	揚/中新網 2012.8.11	揚/中新網 2012.8.11	揚/集成 01.285	揚/集成 01.102
揚/集成 01.92	揚/集成 01.273	㝢/集成 09.4443	㝢/集成 16.10211	㝢/集成 09.4442	㝢/集成 09.4445	㝢/集成 16.10081
㝢/集成 09.4444	纓/陶錄 3.416.3	纓/陶錄 3.417.6	纓/陶錄 3.416.5	纓/陶錄 3.416.4	纓/陶錄 2.549.2	纓/陶錄 3.417.5
纓/陶錄 2.208.1	纓/陶錄 2.161.1	纓/陶錄 2.161.2	纓/陶錄 2.161.3	纓/陶錄 2.161.4	纓/陶錄 2.549.1	纓/陶錄 3.417.5

〔註 229〕李孝定：《甲骨文字集釋》，頁 131。

纓/陶錄 2.208.3	纓/陶錄 2.209.1	纓/陶錄 2.171.3	纓/陶錄 2.171.4	纓/陶錄 3.416.1	纓/陶彙 3.283	瓔（瓔）/ 陶彙 3.739
瓔（瓔）/ 陶彙 3.284	保/新收 1043	保/歷文 2009.2.51	保/歷文 2009.2.51	保/瑯琊網 2012.4.18	保/瑯琊網 2012.4.18	保/山東 675 頁
保/集成 01.285	保/集成 15.9709	保/集成 16.10163	保/集成 16.10163	保/集成 09.4639	保/集成 16.10361	保/集成 16.10163
保/集成 16.10318	保/集成 16.10318	保/集成 01.271	保/集成 01.271	保/集成 01.271	瑗/陶錄 3.635.5	瑗/陶錄 3.77.1
璋/璽彙 0232	璋/集錄 1140	璋/銘文選 2.865	璋/集成 17.11021	璋/集成 16.9975	璋/陶錄 2.155.1	璋/陶錄 2.115.1
璋/陶錄 2.156.1	璋/陶錄 2.155.2	璋/陶錄 2.155.3	璋/新收 1540	寶/考古 2010.8.33	寶/考古 2011.2.16	寶/考古 1989.6
寶/山東 696 頁	寶/集成 03.717	寶/集成 04.2426	寶/集成 16.10263	寶/集成 09.4690	寶/集成 01.271	寶/集成 16.10261
寶/集成 16.10361	寶/集成 01.285	寶/集成 03.694	寶/集成 09.4567	寶/集成 16.10116	寶/集成 16.10154	寶/集成 07.4041
寶/集成 16.10222	寶/集成 16.10275	寶/集成 04.2495	寶/集成 07.3899	寶/集成 07.3900	寶/集成 07.3901	寶/集成 10.5245
寶/集成 15.9687	寶/集成 08.4190	寶/集成 15.9687	寶/集成 03.565	寶/集成 09.4570	寶/集成 09.4560	寶/集成 07.3740

寶/集成 09.4574	寶/集成 16.10135	寶/集成 16.10266	寶/集成 04.2589	寶/集成 16.10221	寶/集成 07.3772	寶/集成 07.3977
寶/集成 07.3893	寶/集成 07.4037	寶/集成 16.10114	寶/集成 16.10115	寶/集成 03.690	寶/集成 09.4428	寶/集成 16.10242
寶/集成 16.10246	寶/集成 09.4642	寶/集成 09.4519	寶/集成 04.2591	寶/集成 03.717	寶/文博 2011.2	寶/古研 29.311
寶/古研 29.310	寶/古研 29.395	寶/古研 29.396	寶/文明 6.200	寶/遺珍 32 頁	寶/遺珍 33 頁	寶/瑯琊網 2012.4.18
寶/中新網 2012.8.11	寶/中新網 2012.8.11	寶/中新網 2012.8.11	福（寙）/ 新收 1042	福（寙）/ 新收 1042	班/集成 01.140	
合　文						
永寶/集成 05.2602						

184. 丯

《說文解字‧卷四‧丯部》：「丯，艸蔡也。象艸生之散亂也。凡丯之屬皆從丯。讀若介。」甲骨文作丯（合 34148）；金文作丯（丯己觚）。姚萱謂「本義為『單獨的一串玉』、也可指『單獨的一塊玉』，它跟『成對的、成雙的兩串玉或兩塊玉』的『玨』（或『朋』）相對而言，自然地又有了『特』、『獨』一類的引申義。」〔註230〕

齊系偏旁「丯」字承襲甲骨字形。

〔註230〕姚萱：〈從古文字資料看量詞「个」的來源〉，《中國文字》新 37 期，頁 35～
51。

偏　旁						
囷/陶錄 2.315.2	囷/陶錄 2.667.1	囷/陶錄 2.641.3	囷/陶錄 2.638.4	囷/璽考 42 頁	囷/璽彙 3685	囷/璽彙 0582
囷/陶錄 2.509.3	囷/陶錄 2.587.2	囷/陶錄 2.509.1	囷/陶錄 2.511.1	囷/陶錄 2.5.4	囷/陶錄 2.6.1	囷/陶錄 2.6.2
囷/陶錄 2.7.1	囷/陶錄 2.22.3	囷/陶錄 2.514.3	囷/陶錄 2.637.4	戟（鐵）/ 集成 17.11062	戟（鐵）/ 山東 826 頁	戟（鐵）/ 集成 18.11815
戟（鐵）/ 新收 1983	憾/陶錄 2.13.1	膩/陶錄 2.50.1	膩/陶錄 2.54.2	膩/陶錄 2.54.1	膩/陶錄 2.54.2	戟（戈）/ 新收 1097
戟（戈）/ 文物 2002.5.95	戟（戈）/ 新收 1498	戟（戈）/ 新收 1542	戟（戈）/ 新收 1028	戟（戈）/ 集成 17.10963	戟（戈）/ 集成 17.11160	戟（戈）/ 集成 17.11088
戟（戈）/ 集成 17.10967	戟（戈）/ 集成 17.11023	戟（戈）/ 集成 17.11158	戟（戈）/ 集成 17.11130	戟（戈）/ 集成 17.11105	戟（戈）/ 集成 17.11051	戟（戈）/ 集成 17.11084
戟（戈）/ 集成 17.11056	戟（戈）/ 山東 768 頁	戟（戈）/ 山東 875 頁	戟（戈）/ 山東 876 頁	戟（戈）/ 山東 843 頁		

185. 朋

《說文解字‧卷八‧人部》：「█，輔也。从人朋聲，讀若陪位。」甲骨
文作█（合 29694）、█（合 34657）；金文作█（中乍且癸鼎）；楚系簡帛文
字作█（清 1.程.4）。王國維謂「所繫之貝玉，於玉則謂之玨，於貝則謂之朋。」
〔註231〕季旭昇師認為，字象兩串玉串在一起的樣子，或加人形，人形又聲化

〔註231〕王國維：《觀堂集林》，頁 77。

成勹形。〔註232〕

齊系偏旁「朋」字承襲甲骨，作 （倗/集成 01.285）、（倗/集成 12.6511）、（倗/陶錄 3.56.4）。

偏　旁						
倗/集成 01.285	倗/集成 01.286	倗/集成 12.6511	倗/集成 12.6511	倗/集成 01.277	倗/陶錄 3.56.1	倗/陶錄 3.56.3
倗/陶錄 3.55.4	倗/陶錄 3.55.5	倗/陶錄 3.56.4	倗/陶錄 3.55.6	憪/陶錄 3.56.5	懲/陶錄 3.56.4	繃/陶錄 3.55.1

186. ○（璧）

《說文解字・卷一・玉部》：「，瑞玉圜也。从玉辟聲。」金文作（洹子孟姜壺）；楚系簡帛文字作（清 3.說下.9）。羅振玉謂「○乃璧之本字，从○，辟聲，而借為訓法之辟。」〔註233〕

齊系偏旁「○」字作「○」形。有些偏旁會在字形中間增加點形飾筆，而與「日」字字形相同，筆者將此類字形歸於「日」字字根，例如：（辟/集成 01.285）。

偏　旁						
璧/集成 15.9729	璧/集成 15.9729	璧/集成 15.9729	璧/集成 15.9730	璧/集成 15.9730	璧/集成 15.9730	辟/古研 29.311
辟/古研 29.310						

187. 呂

《說文解字・卷七・呂部》：「，脊骨也。象形。昔太嶽爲禹心呂之臣，故封呂矦。凡呂之屬皆从呂。，篆文呂从肉从旅。」甲骨文作（合 00811）；金文作（呂方鼎）；楚系簡帛文字作（上 1.紂.14）。唐蘭認為，●為金餅，

〔註232〕季旭昇師：《說文新證》，頁 306。
〔註233〕羅振玉：《增訂殷虛書契考釋》卷中，頁 56。

為金名。〔註 234〕

齊系單字「呂」承襲甲骨，但用作「冶」字偏旁時，字形近似短橫畫，例：（冶/貨系 3786）。「呂」形在「金」字中或訛變成近似「八」形，例：（集成 01.245）。

單字						
呂/集成 01.149	呂/集成 01.150	呂/集成 01.151	呂/集成 01.86			
偏旁						
鐘/集成 01.14	鐘/集成 01.89	鐘/集成 01.92	鐘/集成 01.18	鐘/集成 01.47	鐘/國史 1 金 1.13	鐘/古研 29.396
鐘/古文字 1.141	鍾/山東 923 頁	鍾/集成 01.277	鍾/集成 15.9730	鍾/集成 01.86	鍾/集成 01.102	鍾/集成 01.285
鍾/集成 01.149	鍾/集成 15.9729	鍾/集成 01.151	鍾/集成 01.149	鍾/集成 01.277	鍾/集成 01.284	鍾/集成 01.87
鍾/集成 01.245	鍾/集成 01.245	鍾/集成 01.88	鍾/集成 01.50	鍈/集成 09.4646	鐱/集成 18.11651	鏐/集成 01.149
鏐/集成 01.172	鏐/集成 01.245	鏐/集成 01.150	鏐/集成 01.151	鏐/集成 01.174	鏐/集成 01.180	鏐/銘文選 848
鎵/陶彙 3.717	鋊/璽彙 0019	鋊/璽彙 0312	鈇/集成 01.277	鈇/集成 01.285	鏻/集成 01.285	鏻/銘文選 848

〔註 234〕唐蘭：《殷虛文字記》（北京：中華書局，1981 年），頁 80～82。

鏤/璽彙 3687	鈴/集成 01.50	鑒/璽彙 0355	鑒/山東 740 頁	鑒/山東 740 頁	鑒/新收 1175	鑒/集成 16.10367
鑒/集成 16.1036	鑒/璽考 59 頁	鑒/璽考 59 頁	鑒/璽考 31 頁	鑒/璽考 58 頁	鑒/璽考 58 頁	鑒/璽考 59 頁
鑒/璽考 59 頁	鑒/陶錄 2.28.4	鑒/陶錄 2.32.1	鑒/陶錄 2.7.2	鑒/陶錄 2.24.4	鑒/陶錄 2.32.2	鑒/陶錄 2.29.1
鑒/陶錄 2.28.1	鑒/陶錄 2.28.2	鑒/陶錄 2.28.3	鉀/集成 16.10374	鋯/集成 17.11120	鋯/集成 17.11034	鋯/集成 17.11078
鋯/集成 17.11081	銅/集成 15.9730	銅/集成 15.9729	冶/新收 1983	冶/新收 1167	冶/新收 1167	冶/新收 1097
冶/集成 18.11815	冶/集成 17.11183	冶/集錄 1116	冶/陶錄 3.399.5	冶/陶錄 3.399.4	冶/陶錄 3.400.6	冶/陶錄 3.400.4
冶/陶錄 3.402.1	冶/陶錄 3.400.1	冶/陶錄 3.400.3	冶/貨系 3791	冶/貨系 3793	冶/貨系 3794	冶/貨系 3798
冶/貨系 3790	冶/貨系 3786	冶/貨系 3789	冶/貨系 3797	冶/齊幣 331	冶/齊幣 346	冶/錢典 1194
鎛/集成 01.140	鎛/集成 01.285	鎛/集成 01.271	鏵/集成 15.9730	鑄/璽彙 3666	鑄/新收 1781	鑄/新收 1917
鑄/山東 379 頁	鑄/集成 09.4629	鑄/集成 01.277	鑄/集成 01.285	鑄/集成 15.9729	鑄/集成 15.9730	鑄/集成 09.4630

鑄/集成 09.4642	鑄/集成 09.4574	鑄/集成 09.4560	鑄/集成 09.4560	鑄/集成 09.4570	鑄/集成 09.4570	鑄/集成 09.4127
鑄/三代 10.17.3	鈞/集成 16.10374	鑄（盨）/ 集成 15.9709	鑄（盨）/ 璽彙 3760	鍺/集成 01.149	𨧴（鐵）/ 集成 17.11062	釖/臨淄 27頁
陰（隂）/ 集成 18.11609	鑄/集成 01.177	鑄/集成 01.172	鑄/集成 01.176	鑄/集成 01.245	錞/新收 1074	錐/集成 05.2750
匜（籃）/ 集成 16.10194	匜（籃）/ 新收 1733	鉭/陶彙 3.703	鐳/文物 1993.4.94	鍊/集成 01.173	鍊/集成 01.174	鍊/集成 01.175
鍊/集成 01.172	錢/尋繹 64頁	錢/尋繹 63頁	錢/新收 1112	錢/新收 1496	錢/集成 17.11101	錢/集成 17.11127
錢/集成 17.11034	錢/集成 17.11154	錢/集成 17.11156	錢/集成 17.11155	錢/集成 16.9975	錢/集成 17.11020	錢/集成 17.11035
錢/集成 17.11083	錢/集成 17.11128	錢/集成 17.11036	錢/山東 832頁	璽（鉨）/ 璽彙 0259	璽（鉨）/ 璽彙 0356	璽（鉨）/ 璽彙 0224
璽（鉨）/ 璽彙 0262	璽（鉨）/ 璽彙 0277	璽（鉨）/ 璽彙 0328	璽（鉨）/ 璽彙 0064	璽（鉨）/ 璽彙 0233	璽（鉨）/ 璽彙 3939	璽（鉨）/ 璽彙 5542
璽（鉨）/ 璽彙 0331	璽（鉨）/ 璽彙 0223	璽（鉨）/ 璽彙 1185	璽（鉨）/ 璽彙 3681	璽（鉨）/ 璽彙 5539	璽（鉨）/ 璽彙 5256	璽（鉨）/ 璽彙 0200

璽（鉨）/ 璽彙 0201	璽（鉨）/ 璽彙 5555	璽（鉨）/ 璽彙 0227	璽（鉨）/ 璽彙 0023	璽（鉨）/ 璽彙 0030	璽（鉨）/ 璽彙 0034	璽（鉨）/ 璽彙 0035
璽（鉨）/ 璽彙 0194	璽（鉨）/ 璽彙 0234	璽（鉨）/ 璽彙 0657	璽（鉨）/ 璽彙 5537	璽（鉨）/ 璽彙 0025	璽（鉨）/ 璽彙 0026	璽（鉨）/ 璽彙 0027
璽（鉨）/ 璽彙 0033	璽（鉨）/ 璽彙 0036	璽（鉨）/ 璽彙 0043	璽（鉨）/ 璽彙 0063	璽（鉨）/ 璽彙 0098	璽（鉨）/ 璽彙 0147	璽（鉨）/ 璽彙 0150
璽（鉨）/ 璽彙 0154	璽（鉨）/ 璽彙 0153	璽（鉨）/ 璽彙 0176	璽（鉨）/ 璽彙 0193	璽（鉨）/ 璽彙 0345	璽（鉨）/ 璽彙 0198	璽（鉨）/ 璽彙 0202
璽（鉨）/ 璽彙 5257	璽（鉨）/ 璽彙 0157	璽（鉨）/ 璽彙 1661	璽（鉨）/ 璽彙 0331	璽（鉨）/ 璽彙 0007	璽（鉨）/ 璽彙 0028	璽（鉨）/ 璽彙 0330
璽（鉨）/ 璽彙 0208	璽（鉨）/ 璽彙 0209	璽（鉨）/ 璽彙 0482	璽（鉨）/ 璽彙 0248	璽（鉨）/ 璽考 55 頁	璽（鉨）/ 璽考 53 頁	璽（鉨）/ 璽考 55 頁
璽（鉨）/ 璽考 53 頁	璽（鉨）/ 璽考 46 頁	璽（鉨）/ 璽考 32 頁	璽（鉨）/ 璽考 43 頁	璽（鉨）/ 璽考 31 頁	璽（鉨）/ 璽考 31 頁	璽（鉨）/ 璽考 38 頁
璽（鉨）/ 璽考 35 頁	璽（鉨）/ 璽考 61 頁	璽（鉨）/ 璽考 58 頁	璽（鉨）/ 璽考 56 頁	璽（鉨）/ 璽考 57 頁	璽（鉨）/ 璽考 57 頁	璽（鉨）/ 璽考 57 頁
璽（鉨）/ 璽考 45 頁	璽（鉨）/ 璽考 45 頁	璽（鉨）/ 璽考 37 頁	璽（鉨）/ 璽考 37 頁	璽（鉨）/ 璽考 38 頁	璽（鉨）/ 璽考 40 頁	璽（鉨）/ 璽考 55 頁
璽（鉨）/ 璽考 334 頁	璽（鉨）/ 陶錄 2.702.3	璽（鉨）/ 陶錄 2.23.2	璽（鉨）/ 陶錄 2.702.4	璽（鉨）/ 陶錄 2.702.1	璽（鉨）/ 山璽 016	璽（鉨）/ 山璽 005

璽（鉨）/ 山璽 006	金/遺珍 32 頁	金/遺珍 33 頁	金/古研 29.396	金/考古 1973.1	金/考古 1973.1	金/集成 15.9733
金/集成 09.4630	金/集成 08.4152	金/集成 09.4646	金/集成 09.4649	金/集成 08.4145	金/集成 01.50	金/集成 01.87
金/集成 01.151	金/集成 09.4620	金/集成 01.245	金/集成 01.140	金/集成 08.4190	金/集成 09.4621	金/集成 01.149
金/集成 01.276	金/集成 01.285	金/璽彙 3681	金/璽彙 0322	金/璽彙 3728	金/璽彙 0224	金/璽彙 0223
金/陶錄 3.419.6	金/陶錄 2.31.4	金/陶錄 3.419.3	金/新收 1781	鋁/集成 01.285	鎬/集成 01.277	鐈/集成 01.285
鐈/銘文選 848	鍴/集成 01.172	鈋/集成 01.102				
合　文						
孚呂/中新 網 2012.8.11	孚呂/中新 網 2012.8.11					

188. 予

《說文解字・卷四・予部》：「◩，推予也。象相予之形。凡予之屬皆从予。」金文作◩（六年格氏令戈）；楚系簡帛文字作◩（清 3.祝.1）。何琳儀謂「从呂，八為分化符號，呂亦聲。」〔註235〕

齊系偏旁「予」字與金文、楚系字形不同，分化符號不是八形，而是在呂形下部加一短豎畫，例：◩（序/璽彙 0255）。

〔註235〕何琳儀：《戰國古文字典》，頁 567。

偏　旁						
豫/璽彙 2218	豫/璽彙 3752	豫/尋繹 62 頁	豫/尋繹 63 頁	豫/集成 17.11037	豫/集成 17.11124	豫/集成 17.11125
豫/集成 17.11074	序/璽彙 0255	序/璽彙 0256	序/璽彙 0257	序/集成 17.10983	序/集成 17.10984	序/集成 17.10985
序/集成 17.10982	序/璽考 51 頁	序/璽考 59 頁	序/璽考 51 頁	序/璽考 52 頁	序/陶錄 2.23.3	序/陶錄 2.652.2
序/山東 741 頁	序/山東 741 頁					

189. 田

《說文解字‧卷十三‧田部》：「，陳也。樹穀曰田。象四口。十，阡陌之制也。凡田之屬皆从田。」甲骨文作（合 33211）、（合 06057）；金文作（田告母辛方鼎）；楚系簡帛文字作（包 2.152）。胡厚宣謂「其義皆為田地，而字作田，其中之十，則明明象田間阡陌之形，與今之稻田無異。」〔註236〕

齊系「田」字承襲甲骨金文，與楚系字形相同，單字與偏旁字形相同。偶有字形省略中間的豎畫，而形似日形，例：（專/集成 01.285）。「甫」字下从「田」，訛與「用」幾乎同形，例：（楠/陶錄 3.107.4）。

單　字						
田/璽彙 0307	田/璽彙 0231	田/璽考 64 頁	田/陶錄 3.503.4	田/陶錄 3.542.5	田/陶錄 3.546.1	田/陶錄 3.546.2
田/陶錄 3.546.3	田/陶錄 3.612.1	田/錢典 1063	田/錢幣 1987.4.44			

〔註236〕胡厚宣：《甲骨學商史論叢二集》（成都：齊魯大學國學研究所，1945 年），頁 167。

偏 旁						
陟（徏）/ 陶錄 3.196.1	陟（徏）/ 陶錄 3.195.1	陟（徏）/ 陶錄 3.195.3	陟（徏）/ 陶錄 3.196.4	陟（徏）/ 陶錄 3.194.6	陟（徏）/ 陶錄 3.649.4	陟（徏）/ 陶錄 3.195.4
陟（徏）/ 陶錄 3.195.2	矗/璽考 43 頁	矗/璽考 43 頁	矗/璽考 44 頁	晶/陶錄 2.23.2	晶/中原文 物 2007.1	晶/山璽 016
晶/璽彙 0259	斝/集成 01.276	斝/集成 01.285	逦/璽彙 0240	酖/集成 01.285	郜/璽彙 0232	鄄/璽彙 0152
鄄/璽考 57 頁	鄄/璽考 58 頁	鄑/集成 01.285	鄑/璽彙 1661	邎/集成 07.3987	鋪（匜）/ 集成 09.4690	鋪（匜）/ 集成 09.4689
鋪（匜）/ 集成 09.4690	鋪（匜）/ 集成 09.4691	鎛/集成 01.271	鎛/集成 01.140	鎛/集成 01.285	甫/集成 16.10261	甫/集成 09.4534
甫/集成 16.10261	甫/集成 09.4534	專/古研 23.98	專/集成 01.274	專/集成 01.282	專/集成 01.285	專/集成 01.285
專/集成 01.275	專/集成 01.285	專/集成 01.285	專/集成 01.272	專/集成 01.274	專/集成 01.274	敷/陶錄 3.263.4
敷/璽彙 3122	敷/陶錄 3.263.1	敷/陶錄 3.263.2	敷/陶錄 3.263.5	桳/陶錄 2.17.2	桳/璽彙 0290	桳/璽彙 2194
桳/歷博 52.3	桳/集成 01.285	桳/集成 01.276	桳/陶錄 3.107.5	桳/陶錄 3.106.4	桳/陶錄 3.107.4	桳/陶錄 3.105.2

桶/陶錄 3.108.1	桶/陶錄 3.108.6	桶/陶錄 2.392.1	桶/陶錄 2.529.2	桶/陶錄 3.105.4	桶/陶錄 3.8.2	桶/陶錄 3.110.6
圃/集成 17.11651	翼/集成 17.11086	翼/集成 17.11087	翼/周金 6.26.1	轉/璽彙 3634	輔/璽彙 5706	敃/璽彙 5644
敃/璽彙 1509	釐/集成 15.9733	釐/集成 01.92	釐/集成 02.663	釐/集成 01.273	釐/集成 01.273	釐/集成 01.275
釐/集成 01.285	釐/集成 01.285	釐/集成 01.281	釐/山東 161頁	釐/山東 161頁	異/陶錄 2.751.3	異/陶錄 2.750.3
遳/陶錄 2.230.2	遳/陶錄 2.229.4	遳/陶錄 2.230.1	畟/珍秦 14	稷/集成 16.10374	番/集成 02.545	槤/璽彙 3701
槤/璽彙 2414	蕫/集成 08.4190	里/文博 2011.2	里/新收 1175	里/集成 16.10366	里/集成 16.10367	里/集成 09.4668
里/集成 17.11156	里/集成 17.11154	里/集成 17.11155	里/集成 16.10383	里/璽彙 3122	里/璽彙 2195	里/璽考 42頁
里/璽考 59頁	里/璽考 65頁	里/璽考 65頁	里/璽考 65頁	里/璽考 66頁	里/璽考 66頁	里/璽考 66頁
里/璽考 67頁	里/璽考 67頁	里/璽考 42頁	里/陶錄 2.290.2	里/陶錄 2.497.4	里/陶錄 2.50.3	里/陶錄 2.393.4
里/陶錄 2.3.2	里/陶錄 2.3.3	里/陶錄 2.5.2	里/陶錄 2.6.1	里/陶錄 2.8.1	里/陶錄 2.8.3	里/陶錄 2.10.1

里/陶錄 2.11.1	里/陶錄 2.11.4	里/陶錄 2.15.1	里/陶錄 2.19.4	里/陶錄 2.24.1	里/陶錄 2.24.2	里/陶錄 2.24.3
里/陶錄 2.25.1	里/陶錄 2.38.1	里/陶錄 2.40.2	里/陶錄 2.48.4	里/陶錄 2.49.3	里/陶錄 2.49.4	里/陶錄 2.50.1
里/陶錄 2.50.4	里/陶錄 2.52.1	里/陶錄 2.54.3	里/陶錄 2.55.1	里/陶錄 2.55.3	里/陶錄 2.56.1	里/陶錄 2.56.2
里/陶錄 2.59.3	里/陶錄 2.61.1	里/陶錄 2.60.2	里/陶錄 2.64.2	里/陶錄 2.65.1	里/陶錄 2.65.4	里/陶錄 2.69.3
里/陶錄 2.71.1	里/陶錄 2.74.1	里/陶錄 2.75.3	里/陶錄 2.75.4	里/陶錄 2.76.3	里/陶錄 2.80.4	里/陶錄 2.82.1
里/陶錄 2.83.1	里/陶錄 2.90.3	里/陶錄 2.92.3	里/陶錄 2.95.2	里/陶錄 2.95.3	里/陶錄 2.97.2	里/陶錄 2.98.2
里/陶錄 2.99.1	里/陶錄 2.99.3	里/陶錄 2.101.1	里/陶錄 2.101.4	里/陶錄 2.102.2	里/陶錄 2.106.4	里/陶錄 2.109.1
里/陶錄 2.111.2	里/陶錄 2.113.2	里/陶錄 2.113.4	里/陶錄 2.114.1	里/陶錄 2.116.2	里/陶錄 2.120.2	里/陶錄 2.130.1
里/陶錄 2.134.4	里/陶錄 2.144.4	里/陶錄 2.152.1	里/陶錄 2.155.1	里/陶錄 2.159.3	里/陶錄 2.160.4	里/陶錄 2.161.1
里/陶錄 2.164.3	里/陶錄 2.166.1	里/陶錄 2.166.3	里/陶錄 2.167.1	里/陶錄 2.169.1	里/陶錄 2.173.2	里/陶錄 2.176.1

里/陶錄 2.182.2	里/陶錄 2.185.3	里/陶錄 2.186.3	里/陶錄 2.187.1	里/陶錄 2.191.3	里/陶錄 2.194.1	里/陶錄 2.197.2
里/陶錄 2.201.1	里/陶錄 2.205.3	里/陶錄 2.212.1	里/陶錄 2.218.4	里/陶錄 2.225.1	里/陶錄 2.240.4	里/陶錄 2.248.3
里/陶錄 2.257.2	里/陶錄 2.258.3	里/陶錄 2.259.1	里/陶錄 2.259.3	里/陶錄 2.262.2	里/陶錄 2.263.2	里/陶錄 2.263.4
里/陶錄 2.264.1	里/陶錄 2.264.3	里/陶錄 2.267.3	里/陶錄 2.268.4	里/陶錄 2.269.2	里/陶錄 2.271.4	里/陶錄 2.279.3
里/陶錄 2.280.2	里/陶錄 2.280.4	里/陶錄 2.281.1	里/陶錄 2.282.3	里/陶錄 2.284.1	里/陶錄 2.284.3	里/陶錄 2.285.3
里/陶錄 2.285.4	里/陶錄 2.286.2	里/陶錄 2.287.2	里/陶錄 2.275.1	里/陶錄 2.288.2	里/陶錄 2.289.1	里/陶錄 2.292.2
里/陶錄 2.292.3	里/陶錄 2.293.1	里/陶錄 2.298.3	里/陶錄 2.299.2	里/陶錄 2.300.1	里/陶錄 2.305.2	里/陶錄 2.307.4
里/陶錄 2.308.1	里/陶錄 2.309.1	里/陶錄 2.311.1	里/陶錄 2.312.4	里/陶錄 2.314.3	里/陶錄 2.315.1	里/陶錄 2.316.1
里/陶錄 2.319.4	里/陶錄 2.320.1	里/陶錄 2.323.3	里/陶錄 2.326.1	里/陶錄 2.326.4	里/陶錄 2.328.3	里/陶錄 2.332.3
里/陶錄 2.337.2	里/陶錄 2.337.3	里/陶錄 2.338.3	里/陶錄 2.696.2	里/陶錄 2.343.2	里/陶錄 2.348.2	里/陶錄 2.348.4

里/陶錄 2.358.1	里/陶錄 2.360.3	里/陶錄 2.362.3	里/陶錄 2.363.2	里/陶錄 2.367.3	里/陶錄 2.371.3	里/陶錄 2.378.3
里/陶錄 2.386.1	里/陶錄 2.386.3	里/陶錄 2.390.1	里/陶錄 2.389.3	里/陶錄 2.391.3	里/陶錄 2.392.1	里/陶錄 2.392.4
里/陶錄 2.393.3	里/陶錄 2.394.1	里/陶錄 2.397.1	里/陶錄 2.397.3	里/陶錄 2.397.4	里/陶錄 2.401.3	里/陶錄 2.401.4
里/陶錄 2.403.1	里/陶錄 2.404.3	里/陶錄 2.404.4	里/陶錄 2.405.1	里/陶錄 2.405.2	里/陶錄 2.408.3	里/陶錄 2.409.1
里/陶錄 2.409.2	里/陶錄 2.409.3	里/陶錄 2.411.4	里/陶錄 2.415.4	里/陶錄 2.418.1	里/陶錄 2.422.3	里/陶錄 2.426.3
里/陶錄 2.435.3	里/陶錄 2.436.1	里/陶錄 2.436.4	里/陶錄 2.438.3	里/陶錄 2.440.1	里/陶錄 2.445.4	里/陶錄 2.449.2
里/陶錄 2.455.4	里/陶錄 2.458.4	里/陶錄 2.465.1	里/陶錄 2.475.2	里/陶錄 2.478.4	里/陶錄 2.489.2	里/陶錄 2.497.3
里/陶錄 2.499.1	里/陶錄 2.509.4	里/陶錄 2.515.1	里/陶錄 2.521.2	里/陶錄 2.523.2	里/陶錄 2.524.3	里/陶錄 2.526.1
里/陶錄 2.527.3	里/陶錄 2.529.1	里/陶錄 2.671.1	里/陶錄 2.537.1	里/陶錄 2.538.3	里/陶錄 2.546.1	里/陶錄 2.548.1
里/陶錄 2.548.3	里/陶錄 2.549.2	里/陶錄 2.550.2	里/陶錄 2.547.4	里/陶錄 2.555.2	里/陶錄 2.559.3	里/陶錄 2.561.1

里/陶錄 2.567.1	里/陶錄 2.575.1	里/陶錄 2.750.1	里/陶錄 2.750.3	里/陶錄 2.526.1	里/陶錄 3.616	里/陶錄 3.612
里/山東 740頁	里/山東 741頁	里/山東 741頁	里/山東 740頁	里/後李三3	里/後李四4	畹（畹）/ 陶錄 2.431.1
畹（畹）/ 陶錄 2.431.2	畜/璽彙 1953	男/集成 01.285	男/集成 15.9704	男/集成 15.10283	男/集成 09.4645	男/集成 15.10159
男/集成 15.10280	男/集成 01.280	男/集成 01.278	男/歷文 2009.2.51	男/歷文 2009.2.51	男/陶彙 3.703	男/新收 1043
勰/集成 09.4623	勰/集成 09.4624	宙/陶錄 3.494.1	留/陶錄 3.351.1			
合　文						
畟里/璽彙 0546	畟里/璽彙 0538	豆里/陶錄 2.461.2	豆里/陶錄 2.462.2	豆里/陶錄 2.502.4	豆里/陶錄 2.461.1	豆里/陶錄 2.461.4
豆里/陶錄 2.499.2	豆里/陶錄 2.525.2	豆里/陶錄 2.502.2				

190. 周

《說文解字・卷二・口部》：「▨，密也。从用口。▨，古文周字从古文及。」甲骨文作▨（合 20074）、▨（合 01086）；金文作▨（德方鼎）、▨（獻侯鼎）、▨（敔簋）；楚系簡帛文字作▨（包 2.74）、▨（包 2.34）、▨（包 2.209）。周法高謂「象田中有種植之物以表之。」〔註237〕

齊系「周」字與金文字形相同，偏旁字形增加「口」形，並缺少表示種植

〔註237〕周法高主編：《金文詁林》，頁 675。

物的小點形。

單　字						
周/集成 04.2268						
偏　旁						
周/璽彙 3028	周/貨系 2659	周/集成 07.4041	周/文博 2011.2	彫/陶錄 2.395.3	彫/陶錄 3.593.4	彫/陶錄 2.395.1
彫/陶錄 2.395.2						

191. 畕

《說文解字・卷十三・畕部》：「畕，比田也。从二田。凡畕之屬皆从畕。」甲骨文作（合 40021）；金文作（毛白簋）、（辛鼎）、（永盂）；楚系簡帛文字作（上 1.孔.9）。羅振玉釋「畕」謂「象二田相比，界畫之義已明。」〔註238〕季旭昇師釋「亘」謂「从田，上下二橫畫表示田界。」〔註239〕

齊系「畕」字承襲甲骨形。偏旁字形還作形。

單　字						
畕/陶錄 3.530.3						
偏　旁						
噩/璽彙 3598	噩/璽彙 0657	噩/璽彙 3667	櫃/璽彙 3755	疆/璽彙 2204	疆/璽彙 3479	疆/璽彙 4031
疆/集成 01.087	繮/陶錄 2.216.2	繮/陶錄 2.216.4	繮/陶錄 2.215.4	疆/瑯琊網 2012.4.18	疆/瑯琊網 2012.4.18	疆/陶錄 3.493.3

〔註238〕羅振玉：《增訂殷虛書契考釋》卷中，頁 8。

〔註239〕季旭昇師：《說文新證》，頁 917。

彊/集成 01.245	彊/集成 03.670	彊/集成 16.10007	彊/集成 09.4690	彊/集成 09.4690	彊/集成 16.10277	彊/集成 16.10135
彊/集成 09.4443	彊/集成 15.9657	彊/集成 09.4689	彊/集成 16.10142	彊/集成 16.10272	彊/集成 09.4620	彊/集成 09.4690
彊/集成 09.4622	彊/集成 16.10266	彊/集成 16.10144	彊/集成 16.10159	彊/集成 09.4645	彊/集成 09.4444	彊/新收 1042
彊/遺珍 33頁	彊/遺珍 67頁	彊/遺珍 33頁				
合　文						
無彊/集成 05.2602						

192. 或

《說文解字・卷十二・戈部》：「￼，邦也。从口从戈，以守一。一，地也。域，或又从土。」甲骨文作￼（合 06278）；金文作￼（或乍父癸方鼎）、￼（班簋）、￼（保卣）；楚系簡帛文字作￼（包 2.120）、￼（郭.性.19）、￼（郭.語 1.23）。吳大澂謂「古國字。从戈守口，象城有外垣。」〔註240〕季旭昇師謂「从口，表示區域；从必，作用不明。周金文『口』形之外以四（或二）短畫標示區域之外緣。」〔註241〕

齊系「或」字承襲金文，並在「口」形加飾筆點形，作￼（集成 01.285），單字與偏旁字形相同。

單　字						
或/集成 01.285	或/集成 01.285	或/集成 01.271	或/集成 01.275	或/集成 01.277	或/集成 01.282	或/陶錄 2.241.2

〔註240〕清・吳大澂：《說文古籀補》，頁 72。
〔註241〕季旭昇師：《說文新證》，頁 864。

或/璽考 282 頁	或/歷文 2009.2.51					

偏　旁						
惑/璽彙 1255	惑/璽考 301 頁	惑/陶錄 2.741.1	惑/陶錄 2.741.2	惑/陶錄 3.343.1	惑/陶錄 3.343.4	惑/陶錄 3.343.5
惑/陶錄 3.343.6	叞/集成 05.2638	國/集成 03.1348	國/集成 03.1348	國/集成 04.1935	國/集成 16.10361	國/陶錄 2.26.1
國/陶錄 2.25.5	國/陶錄 2.25.2	國/山東 864 頁	國/山東 210 頁	國/山東 210 頁	國/新收 1086	

193. 丁

《說文解字·卷十四·丁部》：「⬚，夏時萬物皆丁實。象形。丁承丙，象人心。凡丁之屬皆从丁。」甲骨文作⬚（合 32640）、⬚（合 20646）；金文作⬚（且丁父癸卣）、⬚（師旋鼎）；楚系簡帛文字作⬚（包 2.4）、⬚（包 2.12）、⬚（包 2.196）。季旭昇師謂「以『正』字甲文多从『口』、金文多从『丁』來看，丁、口實為一字，皆城圍之象。」[註242]

齊系「丁」字承襲甲骨，偏旁字形易訛變作「一」字字形，詳見「一」字根。

單　字						
丁/集成 07.4096	丁/集成 09.4630	丁/集成 01.140	丁/集成 01.271	丁/集成 16.10361	丁/集成 08.4190	丁/集成 01.88
丁/集成 15.9733	丁/集成 16.10163	丁/集成 01.142	丁/陶錄 2.360.2	丁/陶錄 2.360.3	丁/陶錄 2.359.3	丁/陶錄 2.360.1

[註242] 季旭昇師：《說文新證》，頁 962。

丁/陶錄 3.478.2	丁/陶錄 2.432.1	丁/新泰 17	丁/新泰 18	丁/新泰 10	丁/集錄 543	
偏　旁						
正/集成 01.88	正/集成 09.4629	正/陶錄 2.494.4	正/陶錄 2.494.1	正/陶錄 2.494.3		
合　文						
父丁/集成 03.614	閻丁/陶錄 2.432.3	閻丁/陶錄 2.432.4	閻丁/陶錄 2.433.1	閻丁/陶錄 2.433.2	閻丁/陶錄 2.433.3	閻丁/陶錄 2.433.4
閻丁/陶錄 2.432.2						

194. 囗

　　《說文解字・卷六・囗部》：「▨，回也。象回帀之形。凡囗之屬皆从囗。」古文字未見獨立字形，用作偏旁時，甲骨文作▨（邑/合 17562）；金文作▨（邑/邑爵）；楚系簡帛文字作▨（邑/上 2.容.18）。學者多釋為城邑的象形。葉玉森釋「邑」字時謂「从囗象畺域。」〔註243〕

　　齊系「囗」字偏旁承襲甲骨偏旁字形，與楚系字形相同。偶有偏旁字形，「囗」與「又」相結合，訛成「子」形，例：▨（邦/新收 1045）。

偏　旁						
因/歷文 2007.5.15	因/山東 920 頁	因/集成 09.4649	因/集成 17.11260	因/集成 17.11129	因/集成 17.11081	因/集成 09.4649
因/陶錄 2.653.1	因/陶錄 2.4.2	因/陶錄 3.558.2	癰/陶錄 3.367.4	癰/陶錄 3.367.5	癰/陶錄 3.367.6	痤/陶錄 2.679.3

〔註243〕于省吾主編：《甲骨文字詁林》，頁 343。

郢/璽彙 0588	瘋/陶錄 2.15.1	瘋/陶錄 2.15.2	郊/集成 03.596	郊/集成 16.10381	郊/集成 17.10969	郊/古研 29.396
郊/古研 29.395	郊/璽彙 3233	鄲/集成 17.10828	鄲/集成 17.10932	邵/璽彙 2202	邵/璽彙 2203	邵/璽彙 0246
邵/璽彙 3570	邵/陶彙 3.328	邵/陶錄 2.55.3	郯/璽彙 0265	乘/山東 817 頁	乘/集成 17.10997	邞/陶錄 2.409.4
邞/陶錄 2.237.2	郑/陶錄 2.237.3	鄦/璽彙 3545	鄭/璽彙 0355	郑/璽彙 3604	鄭/璽彙 0237	嬰/集成 16.10154
邙/陶錄 3.17.1	部/山東 189 頁	部/集成 15.9729	部/集成 15.9729	部/集成 17.11183	部/集成 17.10829	部/集成 15.9730
部/集成 17.10989	造（鄐）/ 集成 17.10989	鄲/集成 17.10829	邘/璽彙 2187	邘/璽彙 2184	邘/璽彙 2199	邘/璽彙 2185
鄿/陶錄 3.624.2	鄿/璽彙 0244	鄙/璽彙 2177	邼/璽彙 0577	邼/璽彙 3239	邼/璽彙 1466	邼/璽考 57 頁
邠/陶錄 2.33.3	鄙/新收 1091	鄴/集成 05.2732	邦/新收 1042	邦/新收 1042	邦/山東 170 頁	邦/山東 668 頁
邦/珍秦 19	邦/璽彙 2097	邦/璽彙 2096	邦/集成 05.2601	邦/集成 05.2602	邦/集成 04.2422	邦/集成 07.4040
邦/集成 07.4040	鄙/璽彙 0232	鄲/璽考 58 頁	鄲/璽考 57 頁	鄲/璽彙 0152	守/璽彙 2219	邢/陶錄 2.50.1

鄁/集成 01.271	邱/璽彙 3234	邔/璽彙 2206	秌/璽彙 0098	鄱/璽彙 1661	邖/新收 1097	雕/璽考 53頁
雕/集成 01.178	雕/集成 01.174	權/齊幣 347	郂/陶錄 3.41.3	都/陶彙 3.703	都/集成 01.281	都/集成 01.285
都/璽彙 0272	都/璽彙 0198	都/集成 01.271	都/集成 01.273	萑/陶錄 2.32.3	萑/陶錄 2.32.2	萑/陶錄 2.32.1
萑/璽考 58頁	戠/陶錄 3.578.1	戠/陶錄 3.706	戠/集成 15.9733	戠/集成 09.4649	邦/璽考 312頁	邦/璽考 67頁
邦/璽考 67頁	邦/錢典 863	邦/錢典 856	邦/錢典 857	邦/先秦編 396	邦/先秦編 396	邦/古研 29.396
邦/集成 09.4646	邦/集成 09.4647	邦/集成 09.4648	邦/集成 01.245	邦/集成 01.271	邦/集成 16.10361	邦/集成 15.9703
邦/集成 15.9975	邦/璽彙 1590	邦/璽彙 1942	邦/璽彙 3819	邦/璽彙 5625	邦/齊幣 277	邦/齊幣 281
邦/齊幣 271	邦/齊幣 272	邦/齊幣 39	邦/齊幣 40	邦/齊幣 41	邦/齊幣 284	邦/齊幣 286
邦/齊幣 280	邦/齊幣 273	邦/6 齊幣 276	邦/齊幣 275	邦/貨系 2578	邦/貨系 2586	邦/貨系 2549
邦/貨系 2575	邦/貨系 2547	邦/貨系 2548	鄁/璽彙 0238	郑/國史1金 1.13	郑/國史1金 1.7	郑/山東 809頁

郲/集成 17.11206	郲/集成 17.11221	郲/集成 01.102	郲/陶錄 3.287.4	郲/陶錄 2.405.1	郲/陶錄 3.287.5	郲/璽彙 1585
郲/璽彙 1584	郲/璽彙 1586	郲/璽彙 5657	郲/璽彙 1590	郲/陶錄 3.533.5	節/貨系 3795	鄮/齊幣 300
鄮/齊幣 347	鄮/貨系 2496	鄮/璽彙 3682	筥（鄮）/ 貨系 3789	筥（鄮）/ 貨系 3786	筥（鄮）/ 貨系 3785	筥（鄮）/ 貨系 3790
筥（鄮）/ 貨系 3794	筥（鄮）/ 貨系 3793	筥（鄮）/ 貨系 3791	筥（鄮）/ 貨系 3784	筥（鄮）/ 山東 103 頁	筥（鄮）/ 山東 103 頁	筥（鄮）/ 山東 103 頁
筥（鄮）/ 貨系 3792	筥（鄮）/ 集成 08.4152	筥（鄮）/ 集成 15.9733	筥（鄮）/ 齊幣 346	筥（鄮）/ 齊幣 326	筥（鄮）/ 齊幣 331	邺/分域 946
邱/璽彙 2201	邑/古研 23.98	邑/璽彙 0198	邑/璽彙 0289	邑/陶錄 3.600.5	邑/陶錄 3.603.3	邑/集成 01.271
邑/集成 17.10246	邑/集成 18.12087	邑/集成 17.10964	邑/集成 01.271	邑/集成 15.9730	邑/集成 15.9733	鄂/陶彙 3.1325
鄜/山東 797 頁	鄜/集成 17.11022	鄜/集成 17.10896	鄜/集成 17.10897	鄜/新收 1025	鄁/璽彙 2239	郌/陶錄 3.3.2
郌/陶錄 3.3.1	郌/陶錄 3.3.5	郌/璽彙 0355	都/璽彙 2205	邽/璽彙 2204	鄴/陶錄 2.390.1	鄴/陶錄 2.390.2
鄴/後李三 8	鄶/陶彙 3.825	邬/璽彙 0246	鄘/璽彙 0209	旀/陶錄 2.386.1	旀/陶錄 2.386.2	旀/陶錄 2.683.1

邱/璽彙 2056	邱/璽彙 2057	鄄/璽彙 2598	鄄/璽彙 4014	邴/璽彙 2209	郪/陶錄 2.6.3	鄁/璽彙 0098
邗/璽彙 5555	邲/璽彙 5646	邲/璽彙 1147	邲/璽彙 5681	邲/璽彙 2218	邡/陶錄 3.394.6	邡/陶錄 3.384.6
邡/陶錄 3.394.3	邡/陶錄 3.384.3	邔/璽彙 2200	邔/璽彙 2197	邔/璽彙 2199	邔/璽彙 2198	鄩/陶錄 2.553.3
鄩/陶錄 2.553.4	弨/璽彙 2194	弨/璽彙 2193	鄆/璽彙 1928	郔/陶彙 9.40	郔/山東 923 頁	郔/澂秋 29
郔/陶錄 3.26.4	郔/陶錄 3.27.1	郔/陶錄 3.28.2	郔/璽彙 1952	郔/璽彙 1943	郔/璽彙 1944	郔/璽彙 1953
郔/璽彙 1954	郔/璽彙 1955	郔/璽彙 1956	郔/璽彙 1942	郔/璽彙 1945	郔/璽彙 1946	郔/璽彙 1947
郔/璽彙 1948	郔/璽彙 1949	郔/璽彙 1950	郔/璽彙 1951	郭/新收 1129	閻/璽彙 5330	囩/璽考 42 頁
囩/璽彙 0582	囩/璽彙 3685	囩/陶錄 2.6.1	囩/陶錄 2.6.2	囩/陶錄 2.511.1	囩/陶錄 2.5.4	囩/陶錄 2.509.1
囩/陶錄 2.7.1	囩/陶錄 2.22.3	囩/陶錄 2.509.3	囩/陶錄 2.514.3	囩/陶錄 2.637.4	囩/陶錄 2.638.4	囩/陶錄 2.641.3
囩/陶錄 2.315.2	囩/陶錄 2.667.1	囩/陶錄 2.587.2	諱/集成 01.272	諱/集成 01.279	諱/集成 01.285	圕/集成 17.11651

圍/集成 15.9733	圍/璽彙 5557	圐/後李一5	圐/後李一7	圐/後李四1	圐/後李一8	圐/璽彙 3751
圐/集成 09.4668	圐/陶錄 2.75.4	圐/陶錄 2.78.2	圐/陶錄 2.586.2	圐/陶錄 2.587.1	圐/陶錄 2.55.3	圐/陶錄 2.38.1
圐/陶錄 2.58.4	圐/陶錄 2.59.3	圐/陶錄 2.61.3	圐/陶錄 2.62.2	圐/陶錄 2.63.1	圐/陶錄 2.64.4	圐/陶錄 2.65.3
圐/陶錄 2.65.4	圐/陶錄 2.66.3	圐/陶錄 2.68.1	圐/陶錄 2.69.3	圐/陶錄 2.74.1	圐/陶錄 2.73.4	圐/陶錄 2.75.1
圐/陶錄 2.75.3	圐/陶錄 2.80.3	圐/陶錄 2.82.4	圐/陶錄 2.225.3	圐/陶錄 2.83.1	圐/陶錄 2.85.1	圐/陶錄 2.85.3
圐/陶錄 2.86.2	圐/陶錄 2.666.2	圐/陶錄 2.660.1	圐/陶錄 2.139.1	圐/陶錄 2.141.1	圐/陶錄 2.143.1	圐/陶錄 2.144.4
圐/陶錄 2.148.4	圐/陶錄 2.140.3	圐/陶錄 2.144.4	圐/陶錄 2.135.4	圐/陶錄 2.137.2	圐/陶錄 2.164.3	圐/陶錄 2.166.1
圐/陶錄 2.166.3	圐/陶錄 2.167.1	圐/陶錄 2.167.2	圐/陶錄 2.170.1	圐/陶錄 2.170.3	圐/陶錄 2.171.1	圐/陶錄 2.172.1
圐/陶錄 2.173.2	圐/陶錄 2.174.3	圐/陶錄 2.178.1	圐/陶錄 2.178.2	圐/陶錄 2.176.2	圐/陶錄 2.178.3	圐/陶錄 2.182.1
圐/陶錄 2.182.4	圐/陶錄 2.180.2	圐/陶錄 2.184.3	圐/陶錄 2.185.3	圐/陶錄 2.196.4	圐/陶錄 2.186.3	圐/陶錄 2.186.4

昜/陶錄 2.190. 1	昜/陶錄 2.191.3	昜/陶錄 2.194.1	昜/陶錄 2.194.3	昜/陶錄 2.197.1	昜/陶錄 2.197.2	昜/陶錄 2.198.3
昜/陶錄 2.199.3	昜/陶錄 2.200.2	昜/陶錄 2.201.3	昜/陶錄 2.203.3	昜/陶錄 2.205.2	昜/陶錄 2.206.1	昜/陶錄 2.206.4
昜/陶錄 2.208.3	昜/陶錄 2.211.1	昜/陶錄 2.211.2	昜/陶錄 2.236.1	昜/陶錄 2.212.1	昜/陶錄 2.214.1	昜/陶錄 2.215.3
昜/陶錄 2.220.1	昜/陶錄 2.220.3	昜/陶錄 2.224.2	昜/陶錄 2.226.1	昜/陶錄 2.659.3	昜/陶錄 2.663.2	昜/陶錄 2.240.4
昜/陶錄 2.664.1	昜/陶錄 2.231.1	昜/陶錄 2.248.3	昜/陶錄 2.253.4	昜/陶錄 2.264.1	昜/陶錄 2.259.1	昜/陶錄 2.287.2
昜/陶錄 2.261.3	昜/陶錄 2.261.4	昜/陶錄 2.259.4	昜/陶錄 2.291.3	昜/陶錄 2.293.1	昜/陶錄 2.294.3	昜/陶錄 2.298.1
昜/陶錄 2.298.2	昜/陶錄 2.299.2	昜/陶錄 2.300.2	昜/陶錄 2.565.3	昜/陶錄 2.567.1	昜/陶錄 2.573.1	昜/陶錄 2.574.1
昜/陶錄 2.578.1	昜/陶錄 2.576.3	昜/陶錄 2.589.1	昜/陶錄 2.589.3	昜/陶錄 2.590.4	昜/陶錄 2.591.1	昜/陶錄 2.593.3
昜/陶錄 2.593.4	昜/陶錄 2.594.1	昜/陶錄 2.594.3	昜/陶錄 2.595.4	昜/陶錄 2.596.1	昜/陶錄 2.596.2	昜/陶錄 2.597.1
昜/陶錄 2.695.3	昜/陶錄 2.597.4	昜/陶錄 2.599.3	昜/陶錄 2.600.2	昜/陶錄 2.602.1	昜/陶錄 2.602.3	昜/陶錄 2.603.4

昜/陶錄 2.604.2	昜/陶錄 2.604.4	昜/陶錄 2.576.4	昜/陶錄 2.607.1	昜/陶錄 2.607.4	昜/陶錄 2.613.3	昜/陶錄 2.613.4
昜/陶錄 2.615.4	昜/陶錄 2.618.2	昜/陶錄 2.620.1	昜/陶錄 2.621.1	昜/陶錄 2.627.1	昜/陶錄 2.628.4	昜/陶錄 2.634.1
昜/陶錄 2.635.3	昜/陶錄 2.637.4	昜/陶錄 2.640.4	昜/璽考 65頁	昜/璽考 65頁	昜/璽考 65頁	昜/璽考 66頁
昜/璽考 66頁	昜/璽考 66頁	汩/陶錄 2.408.1	汩/陶錄 3.520.3	國/新收 1086	國/集成 04.1935	國/集成 04.1935
國/集成 16.10361	國/集成 03.1348	國/集成 03.1348	國/陶錄 2.25.5	國/陶錄 2.25.2	國/陶錄 2.26.1	國/山東 864頁
國/山東 210頁	國/山東 210頁	晶/集成 01.217				
重　文						
雝/集成 01.172	雝/集成 01.172	雝/集成 01.172				
合　文						
疾因/集成 17.10964						

195. 鹵

《說文解字・卷十二・鹵部》:「█，西方鹹地也。从西省，象鹽形。安定有鹵縣。東方謂之㡿，西方謂之鹵。凡鹵之屬皆从鹵。」甲骨文作█（合

21171）；金文作 （免盤）。季旭昇師謂「从西，小點象鹽形。」〔註244〕

齊系「鹵」字偏旁字形承襲甲骨金文，或不加小點形。

偏　旁						
鞻/陶錄 3.442.1	鞻/陶錄 3.442.2	鞻/陶錄 3.443.2	鞻/陶錄 3.443.4	鹽/集成 17.10975	鹽/璽彙 0322	鹽/璽彙 0198

十一、獸　部

196. 牛

《說文解字‧卷二‧牛部》：「 ，大牲也。牛，件也；件，事理也。象角頭三、封尾之形。凡牛之屬皆从牛。」甲骨文作 （合 07857）；金文作 （友簋）、 （牛鼎）；楚系簡帛文字作 （望 1.112）。季旭昇師謂「象牛頭。」〔註245〕

齊系「牛」字單字和偏旁與金文 形相同，偶有字形增加橫畫豎筆作 （牛/陶錄 2.167.2）。「屮」與「牛」字根的特殊寫法，詳見「屮」字根。

單　字					
牛/璽彙 1219	牛/陶錄 2.167.1	牛/陶錄 2.167.2	牛/陶錄 3.318.4	牛/陶錄 3.318.6	牛/東亞 6.7

偏　旁						
郜/集成 17.10989	郜/集成 17.10829	郜/集成 17.11183	郜/山東 189 頁	造（郜）/ 集成 17.10989	告/陶錄 3.521.2	告/陶錄 3.559.1
告/集成 17.11126	告/集成 17.11131	告/集成 09.4668	告/新收 1097	鋯/集成 17.11062	鋯/集成 17.11078	鋯/集成 17.11081

〔註244〕季旭昇師：《說文新證》，頁 832。
〔註245〕季旭昇師：《說文新證》，頁 91。

鋯/集成 17.11034	敁/集成 17.11070	造/新收 1167	造/新收 1028	造/新收 1086	造/新收 1112	造/山東 812 頁
造/集成 17.11158	造/集成 17.11260	造/集成 17.11128	造/集成 17.11035	造/集成 18.11815	造/集成 09.4648	造/集成 18.11815
造/集成 17.11129	造/集成 17.11130	造/集成 05.2732	造/集成 17.11101	造/集成 17.11158	造/集成 17.11088	造/集成 17.11128
造/集成 17.11160	造/集成 17.11087	造/集成 17.11591	造/陶錄 2.195.4	造/陶錄 2.195.3	造/陶錄 2.239.4	造/陶錄 2.663.1
造/陶錄 2.196.1	造/陶錄 2.195.2	造/陶錄 2.194.2	造（簉）/周金 6.35	造（梏）/集成 17.11023	造（艁）/集成 17.11123	窖/璽考 67 頁
窖/山東 103 頁	窖/山東 103 頁	窖/山東 76 頁	窖/山東 103 頁	窖/集成 15.9709	窖/集成 17.11082	賠/陶錄 3.147.3
賠/陶錄 3.147.1	賠/陶錄 3.148.1	賠/陶錄 3.146.5	酤/後李六 1	酤/後李二 2	酤/陶錄 2.564.2	酤/陶錄 2.564.3
酤/陶錄 2.674.1	酤/陶錄 2.674.2	酤/陶錄 2.553.2	酤/陶錄 2.553.3	酤/陶錄 2.554.2	酤/陶錄 2.557.2	酤/陶錄 2.557.3
酤/陶錄 2.555.2	酤/陶錄 2.556.1	酤/陶錄 2.556.2	酤/陶錄 2.558.1	酤/陶錄 2.558.3	酤/陶錄 2.558.4	酤/陶錄 2.559.2
酤/陶錄 2.559.3	酤/陶錄 2.560.1	酤/陶錄 2.560.2	酤/陶錄 2.561.1	酤/陶錄 2.561.2	酤/陶錄 2.562.1	酤/陶錄 2.564.4

酷/陶錄 2.563.3	骺/集成 17.11090	骺/山師 1991.5.47	骺/集成 17.11210	骺/集成 17.11079	骺/集成 17.11206	骺/集成 17.11077
骺/山東 809 頁	骺/山東 848 頁	迁/陶錄 3.540.4	轻/陶錄 2.351.1	轻/陶錄 2.351.3	轻/陶錄 2.351.4	轻/陶錄 2.352.2
轻/陶錄 2.354.1	轻/陶錄 2.356.4	犏/文物 1994.3.52	觸（皋）/ 陶錄 3.559.5	觸（皋）/ 陶錄 3.559.6	觸（皋）/ 陶彙 3.820	犀/集成 16.10374
料（拜）/ 集成 16.10374	硜/集成 01.150	硜/集成 01.151	硜/集成 01.152	硜/陶錄 2.397.4	半/璽彙 1276	

197. 羊

《說文解字·卷四·羊部》:「 ![羊],祥也。从丫,象頭角足尾之形。孔子曰:『牛羊之字以形舉也。』凡羊之屬皆从羊。」甲骨文作 ![字]（合 19943）、![字]（合 20098）;金文作![字]（羊爵）、![字]（小盂鼎）;楚系簡帛文字作![字]（包 2.181）。季旭昇師認為,象羊頭之形。〔註246〕

齊系「羊」字承襲甲骨,單字作![字]（陶錄 3.22.2）、![字]（後李八 4）。用作偏旁時,除上述字形,還作省略豎畫之形,例:![字]（蕭/璽彙 3088）;或兩個羊角與豎畫相連之形,例:![字]（臺/陶錄 2.200.4）。

單　字						
羊/璽彙 3638	羊/璽彙 3563	羊/陶錄 3.22.2	羊/陶錄 3.22.1	羊/陶錄 3.22.3	羊/後李八 4	羊/後李八 3
羊/集成 17.11089	羊/集成 17.11090	羊/集成 17.11210	羊/山東 104 頁	羊/山師 1991.5.47		

〔註246〕季旭昇師:《說文新證》,頁 298。

偏　旁						
羌/陶錄 3.295.6	陕/璽考 69頁	姜/集成 01.271	姜/集成 15.9729	姜/集成 15.9730	姜/集成 15.9730	姜/集成 09.4645
姜/集成 07.3988	姜/集成 16.10081	姜/集成 16.10211	姜/集成 01.47	姜/集成 16.10318	姜/集成 15.9704	姜/集成 16.10280
姜/集成 15.9408	姜/集成 07.3772	姜/集成 07.3772	姜/集成 07.3977	姜/集成 07.3893	姜/集成 09.4630	姜/集成 01.217
姜/集錄 1043	姜/集錄 1781	臺/集成 09.4635	臺/集成 09.4639	臺/集成 09.4640	臺/集成 09.4638	臺/集成 09.4639
臺/集成 17.11124	臺/集成 17.11125	臺/集成 10.7678	臺/集成 09.4640	臺/集成 09.4648	臺/集成 09.4645	臺/新收 1069
臺/新收 1091	臺/新收 1109	臺/新收 1110	羣/集成 09.4646	羣/集成 08.4145	羣/集成 09.4648	羣/集成 09.4647
蕭/集成 01.174	蕭/集成 01.178	蕭/集成 01.180	蕭/集成 05.2592	蕭/集成 09.4689	蕭/集成 09.4689	蕭/集成 09.4690
蕭/集成 05.2602	蕭/集成 09.4640	蕭/集成 09.4642	蕭/璽彙 3088	蕭/璽彙 0286	蕭/陶錄 2.426.3	蕭/遺珍 48頁
膳（鄯）/ 集成 09.4645	鄯/集成 09.4649	鄯/集成 09.4646	鄯/新收 1074	羞/集成 03.691	羞/集成 03.690	羞/集成 15.9729

羞/集成 15.9730	羞/集成 03.596	羞/集成 03.694	羞/遺珍 61頁	羞/遺珍 41頁	羞/古研 29.310	騰/陶錄 3.533.6
羣/陶錄 2.202.1	羣/陶錄 2.200.1	羣/陶錄 2.200.2	羣/陶錄 2.201.2	羣/陶錄 2.200.4	羣/陶錄 2.201.3	敦/陶錄 2.165.4
敦/集成 16.10371	敦/璽彙 4033	洋/陶彙 3.784	羡/新收 1781	羡/集成 16.10280	羡/集成 09.4629	羡/集成 16.10280
羡/集成 07.4096	羡/集成 15.9709	羡/集成 15.9709	羡/集成 01.140	羡/集成 01.285	羡/集成 01.285	窯/璽考 300頁
義/陶錄 3.431.3	義/陶錄 3.431.2	鮮/古研 29.311	義/集成 01.280	義/集成 01.285	義/集成 01.271	義/集成 01.278
祥/新收 1781	祥/集成 09.4630					
合　文						
敦于/璽彙 4025	敦于/璽彙 4026	敦于/璽彙 4027	敦于/璽彙 4028	敦于/璽彙 4029	敦于/璽彙 4030	敦于/璽彙 4031
敦于/璽彙 4032	敦于/珍秦 34	敦于/山東 848頁				

198. 豕

《說文解字・卷九・豕部》：「[豕]，彘也。竭其尾，故謂之豕。象毛足而後有尾。讀與豨同。按：今丗字，誤以豕爲彘，以彘爲豕。何以明之？爲啄琢从豕，蠡从彘。皆取其聲，以是明之。凡豕之屬皆从豕。[豕]，古文。」甲骨文作

■（合 22438）、■（合 17255）；金文作■（函皇父鼎）；楚系簡帛文字作■（包 2.146）、■（包 2.168）。象豕之形。王國維謂「腹瘦尾拳者為犬，腹肥尾垂者為豕」〔註247〕

　　齊系「豕」字除承襲甲骨■形外，其他字形較為特殊，單字還作■（璽彙 0175）。偏旁字形除與金文■形外，字形簡省筆畫作■（家/集成 01.285）、■（狄/後李一 4）；省略下部字形作■（豗/集成 15.9733）、■（敢/集成 01.275）；字形筆畫訛變作■（冢/璽彙 3925）。

單　字						
■	■	■	■	■		
豕/璽彙 0175	豕/陶錄 2.310.4	豕/陶錄 3.623.6	豕/陶錄 3.425.4	豕/陶錄 3.425.5		
偏　旁						
■	■	■	■	■	■	■
豩/璽彙 1588	冢/集成 17.10964	冢/集成 15.9940	冢/新收 1079	冢/新收 1080	冢/璽彙 3925	冢/璽彙 0273
■	■	■	■	■	■	■
冢/陶錄 3.293.4	豙/璽彙 0643	豙/璽彙 3725	豗/集成 15.9733	豗/集成 15.9733	塚/璽彙 3508	塚/璽彙 5678
■	■	■	■	■	■	■
狄/陶錄 2.82.4	狄/陶錄 2.82.3	狄/陶錄 2.225.3	狄/璽考 66 頁	狄/後李一 4	郪/陶錄 3.624.2	郪/璽彙 0244
■	■	■	■	■	■	■
郪/璽彙 2191	郪/璽彙 2191	敢/山東 104 頁	敢/山東 104 頁	敢/古研 29.423	敢/璽彙 3715	敢/集成 01.285
■	■	■	■	■	■	■
敢/集成 01.285	敢/集成 16.10222	敢/集成 09.4595	敢/集成 09.4596	敢/集成 07.3832	敢/集成 09.4415	敢/集成 09.4415
■	■	■	■	■	■	■
敢/集成 07.3828	敢/集成 07.3829	敢/集成 07.3831	敢/集成 01.272	敢/集成 01.92	敢/集成 01.273	敢/集成 01.273

〔註247〕李孝定：《甲骨文字集釋》，頁 3091。

敢/集成 01.275	敢/集成 01.275	敢/集成 01.275	敢/集成 01.279	敢/集成 01.282	敢/集成 01.285	敢/集成 01.285
敢/集成 01.285	敢/集成 01.285	敢/集成 01.285	敢/陶錄 3.32.6	敢/陶錄 2.429.4	敢/陶錄 2.759.3	敢/陶錄 3.524.1
敢/陶錄 3.32.1	敢/陶錄 3.32.5	敢/陶錄 3.544.5	敢/陶錄 3.544.2	敢/陶錄 3.544.3	敢/陶錄 2.430.1	敢/陶錄 3.524.2
敢/陶錄 2.430.4	狗/陶錄 2.193.4	逐/集成 09.4595	逐/集成 09.4596	豥/璽彙 3547	豥/璽彙 0172	狐/陶錄 2.377.3
狐/陶錄 2.379.4	狐/陶錄 2.379.3	狐/陶錄 2.377.1	狐/陶錄 2.379.1	狐/陶錄 2.377.2	籔/璽彙 2599	籔/璽彙 3651
家/集成 09.4630	家/集成 08.4036	家/集成 08.4037	家/集成 01.285	家/集成 01.140	家/集成 01.275	家/集成 01.274
家/集成 01.285	家/集成 01.285	家/集成 01.285	家/集成 09.4629	家/新收 1781	家/新收 1043	家/山東 675頁
家/陶錄 3.596.3	家/古研 29.395	家/古研 29.396	豪/陶錄 3.22.6			

199. 犬

《說文解字·卷十·犬部》：「[字]，狗之有縣蹏者也。象形。孔子曰：『視犬之字如畫狗也。』凡犬之屬皆从犬。」甲骨文作[字]（合27917）、[字]（合02133）；金文作[字]（員方鼎）；楚系簡帛文字作[字]（包2.62）。象犬之形。王國維謂「腹瘦尾拳者為犬，腹肥尾垂者為豕」〔註248〕

〔註248〕李孝定：《甲骨文字集釋》，頁3091。

齊系「犬」字單字作![犬](陶錄 2.95.1)，與楚系字形相同。偏旁字形作![犬]形和金文![犬]形相同之外，還作![獸](獸/陶錄 3.405.1)、![猶](猶/集成 09.4646)，增加橫畫或點形飾筆；或筆畫簡省作![狄](狄/集成 07.4019)。

單 字						
犬/陶錄 2.95.1	犬/陶錄 2.95.2					
偏 旁						
狄/陶錄 2.24.1	瘈/璽彙 0482	獉/集成 16.10210	器/陶錄 3.578.3	器/陶錄 3.3.1	器/新收 1781	器/集成 09.4629
器/集成 09.4630	器/集成 01.152	器/集成 09.4647	器/集成 09.4648	器/集成 08.4152	器/集成 09.4646	器/集成 01.245
器/集成 09.4649	器/集成 09.4649	器/山東 103 頁	器/山東 103 頁	器/山東 76 頁	器/山東 76 頁	協/集成 01.277
協/集成 01.285	猨/後李三 4	猨/陶錄 2.327.1	猨/陶錄 2.327.3	猨/陶錄 2.328.3	逑/集成 09.4595	逑/集成 09.4596
戀/集成 18.12089	狄/集成 07.4019	狄/陶彙 3.759	狹/璽考 66 頁	獻/集成 03.939	獻（獻）/ 璽彙 3088	獻（獻）/ 集成 09.4596
獻（獻）/ 集成 15.9733	獻（獻）/ 集成 15.9733	獻（獻）/ 集成 09.4595	獻（獻）/ 成 09.4646	獸/陶錄 3.405.3	獸/集成 01.285	獸/集成 01.272
獸/集成 01.281	獸/集成 08.4111	獸/陶錄 3.405.1	獸/陶錄 3.405.2	獸/陶錄 3.405.6	狟/陶錄 3.186.6	狟/陶錄 3.639.2

狟/陶錄 3.186.4	狟/陶錄 3.186.5	猶/集成 09.4646	猶/陶錄 2.654.1	猶/集成 18.12089	猢/考古 1989	猢/集成 09.4642

200. 希

《說文解字·卷九·希部》：「▣，脩豪獸。一曰河內名豕也。从互，下象毛足。凡希之屬皆从希。讀若弟。▣，籀文。▣，古文。」金文作▣（作豕商簋）；楚系簡帛文字作▣（郭·語 2.24）。高鴻縉謂「本意為貪猛嗜殺之獸，即豸也。」〔註249〕《甲骨文字詁林》1600 號按語云：「疑豕之異構。」〔註250〕商承祚根據金文字形釋卜辭▣字為肆，釋▣為「希」，無說。〔註251〕李孝定從之，並謂「字上象獸頭張口見牙、四足長尾之形。」〔註252〕除上述兩個「希」字字形來源之外，季旭昇師認為還另有一個來源，「《說文》『殺』之古文作『▣』、與三體石經『蔡』之古文作『▣』同形，實皆『衰』字之假。」〔註253〕

齊系「希」字作▣（集成 01.285），偏旁字形省略獸頭張口見牙，只保留四足長尾之形，作▣（鄈/璽彙 2205）。

單　字					
希/集成 01.245	希/集成 01.285	希/集成 01.272			
偏　旁					
鄈/璽彙 2205	晉/古研 29.310	邊/集成 07.3987	悌/璽彙 3551		

201. 豸

《說文解字·卷九·豸部》：「▣，獸長脊，行豸豸然，欲有所司殺形。凡豸之屬皆从豸。」甲骨文作▣（合 13521）；金文作▣（克罍）。用作偏旁時，

〔註249〕高鴻縉：《中國字例》，頁 103。

〔註250〕于省吾：《甲骨文字詁林》，頁 1565。

〔註251〕商承祚：《殷契佚存》，頁 39。

〔註252〕李孝定：《甲骨文字集釋》，頁 3011。

〔註253〕季旭昇師：《說文新證》，頁 734。

楚系簡帛文字作（貘/上 9.陳.3）。高鴻縉謂「本意為貪猛嗜殺之獸，即豺也。《一切經音義》十一引《蒼頡解詁》：『豺似狗，白色，有爪牙，迅捷善搏噬也。』」〔註254〕季旭昇師謂「疑為『豺也』。」〔註255〕

齊系「豸」字偏旁承襲甲骨形，偶有字形在上部增加三豎筆，作（貘/陶彙 3.1056）。

偏 旁					
貘/陶彙 3.1056	貘/陶彙 3.1057	貘/集成 07.3977			

202. 馬

《說文解字・卷十・馬部》：「，怒也。武也。象馬頭髦尾四足之形。凡馬之屬皆从馬。，古文。，籀文馬與同，有髦。」甲骨文作（合 10404）、（合 29421）；金文作（小臣守簋）、（召卣）；楚系簡帛文字作（曾.164）、（包 2.129）。姚孝遂謂「象頭髦尾是也，不得謂象四足。金甲文獸類字多象其側面形，僅見其二足。」〔註256〕

齊系「馬」字單字和偏旁有作（集成 15.9733）形。單字還有典型的齊系字形，璽印文字作（璽彙 5539）、陶文作（陶錄 2.352.3）；馬形頭部訛成近似「鹵」形作（中新網 2012.8.11）。單字和偏旁字形還有馬形頭部保留甲骨文字形中的目形作（古研 29.310）。

單 字						
馬/集成 15.9733	馬/集成 17.11206	馬/集成 17.11156	馬/集成 09.4556	馬/集成 17.11131	馬/集成 01.275	馬/集成 01.285
馬/集成 15.9733	馬/集成 15.9733	馬/璽彙 3827	馬/璽彙 5539	馬/璽彙 5540	馬/璽彙 0063	馬/璽彙 0062

〔註254〕高鴻縉：《中國字例》，頁 103～106。
〔註255〕季旭昇師：《說文新證》，頁 737。
〔註256〕于省吾主編：《甲骨文字詁林》，頁 1592。

馬/璽彙 0047	馬/璽彙 3813	馬/璽彙 3819	馬/璽彙 3826	馬/璽彙 0064	馬/璽彙 0023	馬/璽彙 0024
馬/璽彙 5542	馬/璽彙 0026	馬/璽彙 0025	馬/璽彙 3081	馬/璽彙 0027	馬/璽彙 0028	馬/璽彙 0029
馬/璽彙 0030	馬/璽彙 0031	馬/璽彙 0032	馬/璽彙 0033	馬/璽彙 0034	馬/璽彙 0035	馬/璽彙 0036
馬/璽彙 0037	馬/璽彙 0038	馬/璽彙 0039	馬/璽彙 0040	馬/璽彙 0041	馬/璽彙 0043	馬/璽考 38 頁
馬/璽考 37 頁	馬/璽考 37 頁	馬/璽考 37 頁	馬/璽考 35 頁	馬/璽考 36 頁	馬/璽考 38 頁	馬/璽考 39 頁
馬/璽考 337 頁	馬/璽考 35 頁	馬/璽考 35 頁	馬/陶錄 2.168.3	馬/陶錄 2.351.1	馬/陶錄 2.85.2	馬/陶錄 2.85.1
馬/陶錄 2.660.4	馬/陶錄 2.702.3	馬/陶錄 2.352.2	馬/陶錄 2.352.3	馬/陶錄 2.353.2	馬/陶錄 2.354.2	馬/陶錄 2.682.3
馬/陶錄 2.351.4	馬/陶錄 2.355.4	馬/陶錄 2.357.1	馬/陶錄 2.358.1	馬/陶彙 3.401	馬/新收 1080	馬/桓台 41
馬/古研 29.310	馬/中新網 2012.8.11	馬/中新網 2012.8.11				
偏　旁						
顊/璽考 50 頁	駟/集成 15.9733	駟/集成 03.707	牡/集成 15.9733	牡/集成 15.9733	駬/陶錄 3.580.1	

203. 鼬（鯀）

《說文解字・卷十・鼠部》：「⬛，如鼠，赤黃而大，食鼠者。从鼠由聲。」
金文作⬛（尹姞鬲）。用作偏旁時，金文作⬛（鯀/彔伯㝬簋）；楚系簡帛文字作
⬛（鯀/清 2.繫.80）朱芳圃謂「⬛象獸形。從篆文改為畜聲證之，當即鼬之初
文。」〔註257〕季旭昇師謂「象獸類之頭、足、尾形。其後頭部口形漸漸聲化為
『肉』。」〔註258〕

　　齊系偏旁「鯀」字作⬛（鯀/陶錄 2.105.1），字形中獸類的頭部聲化為「肉」，
獸足和獸尾相連後，近似「糸」形，有些字形中的「肉」形簡省，作⬛（鯀/
陶錄 2.112.4）。

偏　旁						
鯀/陶錄 2.99.3	鯀/陶錄 2.113.4	鯀/陶錄 2.117.4	鯀/陶錄 2.105.1	鯀/陶錄 2.105.4	鯀/陶錄 2.115.1	鯀/陶錄 2.98.2
鯀/陶錄 2.152.3	鯀/陶錄 2.54.2	鯀/陶錄 2.22.4	鯀/陶錄 2.90.3	鯀/陶錄 2.90.1	鯀/陶錄 2.91.3	鯀/陶錄 2.92.1
鯀/陶錄 2.94.1	鯀/陶錄 2.94.2	鯀/陶錄 2.95.1	鯀/陶錄 2.96.3	鯀/陶錄 2.96.4	鯀/陶錄 2.97.3	鯀/陶錄 2.97.4
鯀/陶錄 2.99.1	鯀/陶錄 2.99.4	鯀/陶錄 2.100.2	鯀/陶錄 2.101.2	鯀/陶錄 2.101.4	鯀/陶錄 2.103.1	鯀/陶錄 2.104.4
鯀/陶錄 2.657.2	鯀/陶錄 2.92.4	鯀/陶錄 2.106.4	鯀/陶錄 2.111.2	鯀/陶錄 2.112.4	鯀/陶錄 2.113.1	鯀/陶錄 2.116.1
鯀/陶錄 2.117.3	鯀/陶錄 2.117.4	鯀/陶錄 2.119.4	鯀/陶錄 2.120.1	鯀/陶錄 2.120.4	鯀/陶錄 2.152.1	鯀/陶錄 2.154.1

〔註257〕朱芳圃：《殷周文字釋叢》，頁 11～12。
〔註258〕季旭昇師：《說文新證》，頁 885～886。

繇/陶錄 2.154.2	繇/陶錄 2.155.1	繇/陶錄 2.156.1	繇/陶錄 2.128.4	繇/陶錄 2.157.3	繇/陶錄 2.159.2	繇/陶錄 2.653.4
繇/後李一 1						

204. 㲋

《說文解字・卷十・㲋部》:「，獸也。似兔，青色而大。象形。頭與兔同，足與鹿同。凡㲋之屬皆从㲋。，篆文。」甲骨文作（合 19728）；金文作（亞㲋鴞尊）。王國維認為，頭與兔同，足與鹿同。〔註259〕姚孝遂認為，「㲋」與「兔」的區別在於，「㲋」皆張口露牙。〔註260〕

齊系「㲋」字㲋形張口牙齒向右下方。

單　字					
㲋/陶錄 2.263.4					

205. 象

《說文解字・卷九・象部》:「，長鼻牙，南越大獸，三秊一乳，象耳牙四足之形。凡象之屬皆从象。」甲骨文作（合 10222）；金文作（師湯父鼎）；楚系簡帛文字作（郭.老丙.4）。字象象之長鼻、腹、足、尾之形。羅振玉謂「今觀篆文，但見長鼻及足尾，不見耳牙之狀。卜辭亦但象長鼻，蓋象之尤異於他畜者，其鼻矣。」〔註261〕

齊系「象」字單字與偏旁作（集成 04.2426）。偏旁字形還簡省象形的筆畫，只保留長鼻的特徵作（豫/璽彙 2218）、（爲/陶錄 2.544.3）。

〔註259〕王國維:《史籀篇疏證》（臺北：藝文印書館，1971 年），頁 28～29。
〔註260〕于省吾主編:《甲骨文字詁林》，頁 1612。
〔註261〕羅振玉:《增訂殷虛書契考釋》卷中，頁 30。

單 字						
象/集成 04.2426						
偏 旁						
爲/集成 16.1015	爲/集成 01.140	爲/集成 04.2426	爲/集成 01.172	爲/集成 07.4649	爲/集成 01.271	爲/集成 15.9704
爲/集成 07.4096	爲/集成 01.285	爲/集成 01.273	爲/集成 01.285	爲/集成 15.9729	爲/集成 17.11073	爲/集成 09.4640
爲/集成 01.245	爲/集成 15.9730	爲/陶錄 2.544.4	爲/陶錄 2.700.4	爲/陶錄 2.13.1	爲/陶錄 2.39.1	爲/陶錄 2.40.1
爲/陶錄 2.150.1	爲/陶錄 2.150.2	爲/陶錄 2.150.3	爲/陶錄 2.544.3	爲/遺珍 48頁	爲/古研 29.310	爲/古研 23.98
爲/新收 1042	爲/新收 1042	爲/新收 1043	爲/新收 1097	爲/山東 675頁	豫/璽彙 2218	豫/璽彙 3752
豫/集成 17.11124	豫/集成 17.11074	豫/集成 17.11125	豫/集成 17.11037	豫/尋繹 63頁	豫/尋繹 62頁	

206. 能

《說文解字‧卷十‧能部》：「▨，熊屬。足似鹿。从肉㠯聲。能獸堅中，故稱賢能；而彊壯，稱能傑也。凡能之屬皆从能。」金文作▨（能匋尊）、▨（沈子它簋蓋）；楚系簡帛文字作▨（上 1.性.2）。徐灝謂「能，古熊字。」〔註262〕季旭昇師謂「甲骨文『能』象一大口巨獸，為熊屬動物。」〔註263〕

〔註262〕清‧徐灝：《說文解字注箋》，頁 69。
〔註263〕季旭昇師：《說文新證》，頁 752。

齊系「能」字作熊（集成 01.274），與金文字形大致相同。

單　字					
熊 能/集成 01.285	熊 能/集成 01.274				

207. 虍

《說文解字·卷五·虍部》：「虍，虎文也。象形。凡虍之屬皆從虍。」《說文解字·卷五·虎部》：「虎，山獸之君。從虍，虎足象人足。象形。凡虎之屬皆從虎。虎，古文虎。虎，亦古文虎。」「虎」字字形分為兩形，其一為象形，甲骨文作虎（甲 2422）虎（合 09273）；金文作虎（大師虘簋）、虎（師虎簋）。羅振玉謂「象巨口脩尾，身有文理。」〔註264〕其二字形為從人，虍聲，甲骨文作虎（燕 198）；楚系簡帛文字作虎（包 2.273）。「虎」字用作偏旁時，金文作虎（虘/大師虘）；楚系簡帛文字作虎（清 3.芮.17）。

齊系「虎」字單字兩種寫法都有，但偏旁字形皆為第二形從人，虍聲，作虎（虎/集成 01.14）。這種字形規整化虎，例：虎（虘/陶錄 3.461.2）。「虍」字偏旁訛變簡化後還作以下十四種形態：虎（獻/集成 09.4595）；虎（虘/璽彙 1465）；虎（虏/陶錄 3.599.3）；虎（虘/後李三 6）；虎（縷/歷博 52.6）；虎（虘虘/璽彙 1954）；虎（桌/璽彙 0208）；虎（踱/陶錄 3.415.3）；虎（虘/璽彙 5677）；虎（虘/陶錄 2.369.4）；虎（虏/山大 9）；虎（虘/陶錄 2.51.1）；虎（縷/璽彙 3921）。張振謙認為，「虍」字偏旁形訛變出形。〔註265〕

單　字						
虎 虎/集成 01.283	虎 虎/集成 01.285	虎 虎/集成 01.276	虎 虎/銘文選 484			
偏　旁						
虎 虎/集成 17.11265	虎 虎/集成 07.3828	虎 虎/集成 07.3830	虎 虎/璽彙 3028	虎 虓/遺珍 46 頁	虎 號/集成 16.10272	虎 虎/璽彙 0243

〔註264〕羅振玉：《增訂殷虛書契考釋》卷中，頁 30。
〔註265〕參考張振謙：《齊系文字研究》（北京：科學出版社，2019 年），頁 56～57。

處/集成 01.283	處/集成 01.50	處/集成 01.285	處/集成 01.276	處/古研 29.310	鞽/集成 15.9733	虡/陶錄 3.599.3
虡/集成 01.285	櫨/齊幣 347	鄽/集成 17.11022	鄽/集成 17.10896	鄽/集成 17.10897	鄽/新收 1025	鄽/山東 797 頁
鄽/璽彙 2239	暵/璽彙 0306	虖/文明 6.200	虖/文明 6.200	虖/陶彙 3.816	虖/集成 04.2082	虖/集成 16.10194
虖/遺錄 79	虖/山東 853 頁	憵/陶錄 3.390.2	憵/陶錄 3.389.5	慮/陶錄 2.107.4	慮/陶錄 2.107.1	躄/陶錄 3.415.3
躄/陶錄 3.415.1	躄/陶錄 3.415.2	櫨/陶錄 2.570.2	櫨/陶錄 2.362.4	櫨/陶錄 2.298.3	櫨/陶錄 2.568.2	熐/璽彙 3561
蔖/陶錄 2.301.4	蔖/陶錄 3.461.1	蔖/陶錄 3.461.6	蔖/陶錄 2.368.1	蔖/陶錄 3.461.2	蔖/陶錄 2.281.2	蔖/陶錄 2.568.2
蔖/陶錄 2.51.1	蔖/陶錄 2.652.1	蔖/陶錄 2.52.1	蔖/陶錄 2.52.2	蔖/陶錄 2.282.1	蔖/陶錄 2.683.1	蔖/陶錄 2.572.2
蔖/陶錄 2.305.3	蔖/陶錄 2.307.3	蔖/陶錄 2.363.4	蔖/陶錄 2.365.1	蔖/陶錄 2.367.4	蔖/陶錄 2.368.3	蔖/陶錄 2.567.1
蔖/陶錄 2.369.1	蔖/陶錄 2.370.2	蔖/陶錄 2.373.1	蔖/陶錄 2.376.2	蔖/陶錄 2.377.1	蔖/陶錄 2.379.1	蔖/陶錄 3.642.1
蔖/陶錄 2.379.4	蔖/陶錄 2.380.1	蔖/陶錄 2.386.3	蔖/陶錄 2.387.3	蔖/陶錄 2.386.1	蔖/陶錄 2.380.3	蔖/陶錄 2.298.1

蔓/陶錄 2.380.4	蔓/陶錄 2.385.4	蔓/陶錄 2.389.2	蔓/陶錄 2.385.4	蔓/陶錄 2.362.1	蔓/陶錄 2.362.3	蔓/陶錄 2.298.3
蔓/陶錄 2.362.1	蔓/陶錄 2.362.3	蔓/陶錄 2.362.4	蔓/陶錄 2.369.3	蔓/陶錄 2.369.4	蔓/陶錄 2.382.3	蔓/陶錄 2.307.4
蔓/陶錄 2.383.4	蔓/陶錄 2.387.1	蔓/陶錄 2.387.2	蔓/陶錄 2.683.3	蔓/陶錄 2.389.3	蔓/陶錄 2.363.3	蔓/陶錄 2.565.1
蔓/陶錄 2.293.1	蔓/陶錄 2.570.2	蔓/陶錄 2.572.1	蔓/歷博 41.4	蔓/璽彙 3755	蔓/桓台 40	蔓/後李三 6
腹/璽彙 0306	腹/璽彙 0656	戲/集成 16.10261	戲/集成 16.10187	戲/集成 01.175	戲/集成 07.4110	戲/集成 07.4111
戲/集成 01.91	戲/集成 01.92	戲/集成 07.4110	戲/集成 01.174	戲/集成 01.179	戲/陶錄 2.282.3	戲/陶錄 2.282.4
戲/陶錄 2.52.1	戲/陶錄 2.281.1	戲/陶錄 2.283.1	戲/陶錄 2.652.1	戲/陶錄 2.51.2	戲/璽彙 0260	戲/璽彙 0174
戲/揖芬集 345 頁	縷/陶錄 3.388.1	縷/陶錄 3.388.6	縷/陶錄 3.388.4	縷/陶錄 3.388.2	縷/陶錄 3.390.4	縷/陶錄 3.389.1
縷/璽彙 3921	縷/歷博 52.6	桌/璽彙 0208	楳/陶錄 3.504.4	蘆/璽彙 0576	蘆/璽彙 1465	蘆/璽彙 3544
蘆/璽彙 1954	蘆/璽彙 5677	簌/璽彙 3106	簌/璽彙 3107	壚/璽彙 3328	獻/集成 03.939	獻（獻）/ 璽彙 3088

獻（獻）/集成 15.9733	獻（獻）/集成 15.9733	獻（獻）/集成 09.4595	獻（獻）/集成 09.4596	虘/集成 01.271	虘/集成 01.271	虘/山大 9
盧/璽彙 0260	盧/集成 01.88	盧/集成 01.88	盧/集成 08.4111	虓/集成 01.14		

重　文						
虢/集成 01.285	虢/集成 01.275					

208. 鹿

《說文解字・卷十・鹿部》：「，獸也。象頭角四足之形。鳥鹿足相似，從匕。凡鹿之屬皆从鹿。」中骨文作（合 28332）、（合 10308）；金文作（命簋）；楚系簡帛文字作（包 2.181）。象鹿之形。

齊系陶文「鹿」字作（陶錄 2.86.3），保留鹿的頭部特徵，鹿的身形簡化，只作鹿腳形。偶有字形鹿頭部多加橫畫作（璽考 333 頁）。偏旁字形也只保留鹿的頭部特徵，但兩腳之形相連，作（麋/分域 691）。

單　字						
鹿/陶錄 2.610.2	鹿/陶錄 2.86.3	鹿/陶錄 3.460.6	鹿/陶錄 2.96.4	鹿/陶錄 3.460.5	鹿/陶錄 2.287.2	鹿/陶錄 2.381.1
鹿/陶錄 2.388.2	鹿/陶錄 2.610.3	鹿/陶錄 2.611.2	鹿/陶錄 3.111.6	鹿/陶錄 3.570.1	鹿/陶錄 3.460.4	鹿/璽彙 4090
鹿/璽考 65 頁	鹿/璽考 333 頁					

偏　旁						
麤/集成 18.12088	麋/璽彙 3519	麋/璽彙 3693	麋/璽彙 0360	麋/陶錄 2.97.4	麋/分域 691	麋/璽考 69 頁

209. 廌

《說文解字・卷十・廌部》:「▨，解廌，獸也，似山牛，一角。古者決訟，令觸不直。象形，从豸省。凡廌之屬皆从廌。」甲骨文作▨（合 28420）；金文作▨（亞廌父丁瓿）；楚系簡帛文字作▨（郭.成.5）、▨（包 2.265）。季旭昇師謂「形似山牛，唯當有兩角。」〔註266〕

齊系「廌」字偏旁字形與金文▨相同，或廌形頭部和身形筆畫簡省作▨（慶/遺珍 116 頁）。

偏　旁						
慶/陶錄 2.243.1	慶/陶錄 2.243.2	慶/陶錄 2.661.3	慶/後李一 8	慶/集成 09.4445	慶/集成 16.10280	慶/集成 03.608
慶/集成 09.4443	慶/集成 09.4443	慶/集成 09.4444	慶/遺珍 116 頁	慶/遺珍 38 頁	慶/遺珍 41 頁	慶/遺珍 38 頁
慶/遺珍 61 頁	慶/遺珍 69 頁	慶/遺珍 115 頁	慶/璽彙 5676	慶/璽彙 5587	慶/璽彙 3427	慶/璽彙 1269
慶/璽彙 0236	慶/璽彙 1146	慶/璽彙 3730	灋/山東 104 頁	灋/集成 01.275	灋/集成 01.285	薦/集成 09.4621
薦/集成 09.4649	薦/集成 09.4620	鷈/文物 1994.3.52	廌/璽彙 1219			

十二、禽　部

210. 鳥

《說文解字・卷四・鳥部》:「▨，長尾禽總名也。象形。鳥之足似匕，从匕。凡鳥之屬皆从鳥。」甲骨文作▨（合 11497）、▨（合 20912）；金文作▨（子之弄鳥尊）；楚系簡帛文字作▨（郭.老甲.33）、▨（上 2.容.21）。

〔註266〕季旭昇師:《說文新證》，頁 742。

羅振玉謂「卜辭中隹與鳥不分，……筆畫有繁簡耳。」〔註267〕季旭昇師謂「甲金文鳥類總名當作『隹』，而一般釋為『鳥』字者，恐皆為鳥之專名，而非鳥之總名。」〔註268〕

齊系「鳥」字偏旁字形承襲甲骨 形，筆畫偶有簡省。字形筆畫比「隹」字較繁。

偏　旁					
鳴/集成 01.142	鵬/集成 17.10818	鵬/集成 18.11651			

211. 於

《說文解字・卷四・於部》：「 ，孝鳥也。象形。孔子曰：『烏，盱呼也。』取其助气，故以爲烏呼。凡烏之屬皆从烏。 ，古文烏，象形。 ，象古文烏省。」金文作 （毛公鼎）、 （夨尊）、 （噩君啟舟節）；楚系簡帛文字作 （郭.語 1.23）、 （上 2.容.42）。孫詒讓謂「與隹古文 略同，但上為開口盱呼形。」〔註269〕季旭昇師認為，「於」是「烏」的分化字，烏鴉的特徵即仰天張口呼鴉鴉。〔註270〕

齊系「於」字單字字形作 （陶錄 2.627.2）；或於形筆畫簡省作 （集成 08.4190）；或象於展翅飛翔作 （集成 01.217）。

單　字						
於/集成 16.10371	於/集成 01.217	於/集成 08.4190	於/集成 15.9733	於/陶錄 2.35.3	於/陶錄 2.627.2	於/陶錄 2.627.4

212. 隹

《說文解字・卷四・隹部》：「 ，鳥之短尾總名也。象形。凡隹之屬皆从隹。」甲骨文作 （合 21016）；金文作 （小臣艅犀尊）、 （殷毃盤）；楚系簡帛文字作 （郭.性.6）、 （上 1.紂.14）。羅振玉謂「卜辭中隹與鳥不

〔註267〕羅振玉：《增訂殷虛書契考釋》卷中，頁 31。

〔註268〕季旭昇師：《說文新證》，頁 284。

〔註269〕孫詒讓：《名原》（濟南：齊魯書社，1986 年）上，頁 12。

〔註270〕季旭昇師：《說文新證》，頁 310。

分，……筆畫有繁簡耳。」〔註271〕季旭昇師謂「甲金文鳥類總名當作『隹』，而一般釋為『鳥』字者，恐皆為鳥之專名，而非鳥之總名。」〔註272〕

齊系「隹」字作（集成 15.9733），單字與偏旁字形相同。

單　字						
隹/集成 09.4646	隹/集成 09.4649	隹/集成 16.10246	隹/集成 01.271	隹/集成 01.151	隹/集成 16.10007	隹/集成 01.88
隹/集成 01.245	隹/集成 09.4620	隹/集成 03.670	隹/集成 01.173	隹/集成 05.2732	隹/集成 16.10151	隹/集成 05.2690
隹/集成 01.149	隹/集成 01.87	隹/集成 07.3939	隹/集成 09.4644	隹/集成 01.142	隹/集成 01.150	隹/集成 01.140
隹/集成 05.2591	隹/集成 15.9733	隹/集成 01.272	隹/集成 01.276	隹/集成 01.285	隹/集成 01.285	隹/集成 08.4152
隹/集成 01.172	隹/集成 09.4630	隹/集成 09.4629	隹/集成 08.4190	隹/集成 09.4647	隹/集成 15.9975	隹/集成 15.9703
隹/璽彙 3693	隹/銘文選 2.865	隹/新收 1074	隹/陶錄 2.105.2			
偏　旁						
癰/陶錄 3.367.6	癰/陶錄 3.367.4	癰/陶錄 3.367.5	癰/陶錄 3.10.2	癰/陶錄 3.365.1	癰/陶錄 3.366.2	癰/陶錄 3.364.5
癰/陶彙 3.1008	雒/陶錄 2.202.1	雒/陶錄 2.201.3	雒/陶錄 2.200.4	雒/陶錄 2.200.3	雒/陶錄 2.201.2	難/集錄 1009

〔註271〕羅振玉：《增訂殷虛書契考釋》卷中，頁 31。
〔註272〕季旭昇師：《說文新證》，頁 284。

難/集成 01.285	難/集成 16.10151	難/集成 01.277	矍/璽彙 1278	唯/中新網 2012.8.11	唯/中新網 2012.8.11	唯/集成 08.4029
唯/古研 29.310	唯/古研 29.311	唯/古研 29.310	唯/陶錄 2.627.2	唯/陶錄 2.627.4	唯/陶錄 2.626.1	唯/陶錄 2.629.1
唯/陶錄 2.626.2	讐/陶錄 2.178.1	讐/陶錄 2.178.2	錐/集成 05.2750	惟/集成 09.4649	隻/璽考 311頁	隻/歷文 2009.2.51
隻/集成 16.9975	隻/集成 16.9703	隻/璽彙 3914	隻/璽彙 0242	隻/陶錄 3.250.1	隻/陶錄 3.250.2	隻/陶錄 3.250.3
隻/陶錄 2.263.1	隻/陶錄 2.263.2	隻/陶錄 2.425.3	隻/陶錄 3.250.1	隻/陶錄 2.65.1	隻/陶錄 2.422.3	隻/陶錄 2.423.3
隻/陶錄 2.423.4	隻/陶錄 2.425.1	隻/陶錄 2.668.2	隻/陶錄 2.668.3	隻/陶錄 2.392.4	隻/陶錄 2.563.2	蒦/歷博 43.16
蒦/璽彙 2301	蒦/陶錄 2.60.2	蒦/陶錄 2.65.4	蒦/陶錄 2.65.1	蒦/陶錄 2.166.1	蒦/陶錄 2.176.1	蒦/陶錄 3.41.3
蒦/陶錄 2.85.3	蒦/陶錄 2.176.3	蒦/陶錄 2.38.1	蒦/陶錄 2.224.1	蒦/陶錄 2.58.2	蒦/陶錄 2.59.3	蒦/陶錄 2.240.4
蒦/陶錄 2.61.1	蒦/陶錄 2.63.1	蒦/陶錄 2.64.4	蒦/陶錄 2.171.1	蒦/陶錄 2.172.1	蒦/陶錄 2.75.4	蒦/陶錄 2.240.3
蒦/陶錄 2.66.1	蒦/陶錄 2.68.3	蒦/陶錄 2.69.1	蒦/陶錄 2.70.3	蒦/陶錄 2.66.3	蒦/陶錄 2.70.4	蒦/陶錄 2.236.2

蒦/陶錄 2.72.1	蒦/陶錄 2.73.4	蒦/陶錄 2.77.1	蒦/陶錄 2.80.3	蒦/陶錄 2.81.3	蒦/陶錄 2.65.3	蒦/陶錄 2.236.1
蒦/陶錄 2.82.1	蒦/陶錄 2.82.2	蒦/陶錄 2.81.2	蒦/陶錄 2.82.4	蒦/陶錄 2.225.3	蒦/陶錄 2.83.1	蒦/陶錄 2.60.2
蒦/陶錄 2.85.1	蒦/陶錄 2.135.3	蒦/陶錄 2.135.4	蒦/陶錄 2.140.3	蒦/陶錄 2.141.1	蒦/陶錄 2.144.3	蒦/陶錄 2.86.3
蒦/陶錄 2.169.3	蒦/陶錄 2.164.1	蒦/陶錄 2.164.3	蒦/陶錄 2.166.3	蒦/陶錄 2.182.4	蒦/陶錄 2.167.1	蒦/陶錄 2.664.1
蒦/陶錄 2.167.2	蒦/陶錄 2.144.4	蒦/陶錄 2.169.2	蒦/陶錄 2.171.3	蒦/陶錄 2.171.4	蒦/陶錄 2.174.2	蒦/陶錄 2.212.1
蒦/陶錄 2.174.3	蒦/陶錄 2.170.1	蒦/陶錄 2.170.3	蒦/陶錄 2.178.1	蒦/陶錄 2.179.1	蒦/陶錄 2.184.1	蒦/陶錄 2.249.4
蒦/陶錄 2.185.3	蒦/陶錄 2.190.1	蒦/陶錄 2.190.3	蒦/陶錄 2.198.1	蒦/陶錄 2.198.3	蒦/陶錄 2.200.1	蒦/陶錄 2.248.3
蒦/陶錄 2.200.3	蒦/陶錄 2.205.1	蒦/陶錄 2.205.2	蒦/陶錄 2.196.1	蒦/陶錄 2.194.1	蒦/陶錄 2.206.1	蒦/陶錄 2.247.1
蒦/陶錄 2.206.4	蒦/陶錄 2.209.3	蒦/陶錄 2.211.1	蒦/陶錄 2.211.2	蒦/陶錄 2.213.3	蒦/陶錄 2.218.2	蒦/陶錄 2.264.1
蒦/陶錄 2.218.4	蒦/陶錄 2.186.3	蒦/陶錄 2.220.3	蒦/陶錄 2.226.1	蒦/陶錄 2.231.1	蒦/陶錄 2.233.1	蒦/陶錄 2.660.1

蒦/陶錄 2.233.3	蒦/陶錄 2.234.1	蒦/陶錄 2.238.1	蒦/璽考 66頁	蒦/璽考 66頁	蒦/璽考 66頁	蒦/璽考 66頁
蒦/璽考 65頁	蒦/璽考 65頁	蒦/璽考 65頁	蒦/後李一8	蒦/後李一 7	蒦/後李一 5	蒦/桓台 41
蒦/桓台 41	蒦/集成 09.4668	隻/銘文選 2.865	淮/陶彙 3.1156	淮/陶錄 3.492.3	濯/集成 17.10978	雕/璽考 53頁
雕/集成 01.174	雕/集成 01.178	膲/陶錄 3.310.1	膲/陶錄 3.310.2	膲/陶錄 3.310.3	膲/陶錄 3.310.5	羅/陶錄 3.329.3
雕/集成 03.707	維/陶錄 2.166.2	維/璽彙 0225	維/陶錄 2.674.2	維/陶錄 2.166.1	纏/璽彙 0584	鞋/陶錄 3.308.1
鞋/陶錄 3.309.1	鞋/陶錄 3.309.2	鞋/陶錄 3.307.5				
重　文						
雕/集成 01.172	雕/集成 01.172	雕/集成 01.172				

213. 唯

《說文解字‧卷四‧肉部》：「█，胷也。从肉雝聲。」《說文解字‧卷四‧隹部》：「█，鳥也。从隹，瘖省聲。或从人，人亦聲。█，籀文雁从鳥。」甲骨文作█（後2.6.2）；金文作█（雁公方鼎）。用作偏旁時，楚系簡帛文字作█（鷹/清3.說下.4）。劉釗謂甲骨字形「應釋為『雁』字，即『膺』字初文。字是在鳥形胸部用一指事符號表示『胸』這一概念。金文半圓形簡化為一短豎。」〔註273〕

〔註273〕劉釗：《古文字構形學》，頁82。

齊系偏旁「惟」字字形承襲甲骨金文，指事符號從半圓形變成一短豎，又增加一短橫畫，變成「十」形。

偏　旁						
雁/集成 01.285	雁/集成 01.285	雁/集成 01.273	雁/集成 01.274	雁/集成 01.275	雁/集成 01.282	雁/集成 01.285
雁/集成 01.285	雁/璽彙 0580					

214. 萑

《說文解字‧卷四‧萑部》：「萑，鴟屬。从隹，从丫，有毛角。所鳴，其民有旤。凡萑之屬皆从萑。」甲骨文作 （合 09607）。用作偏旁時，金文作 （舊/盠駒尊）；楚系簡帛文字作 （舊/清 1.保.4）。象鴟鴞之形。

齊系「萑」字偏旁承襲甲骨字形，或作萑角之形形似人形，例： （舊/集成 01.275）。

偏　旁						
雚/新收 1028	雚/文物 1994.3.52	懽/集成 09.4629	懽/集成 09.4630	懽/新收 1781	舊/陶錄 2.114.1	舊/集成 01.245
舊/集成 01.285	舊/集成 01.275					

215. 彝

《說文解字‧卷十三‧糸部》：「彝，宗廟常器也。从糸；糸，綦也。廾持米，器中寶也。彑聲。此與爵相似。《周禮》：『六彝：雞彝、鳥彝、黃彝、虎彝、蟲彝、斝彝。以待裸將之禮。』彝、彝，皆古文彝。」甲骨文作 （合 36390）、 （合 14294）；金文作 （者女觥）；楚系簡帛文字作 （清 1.皇.7）。李孝定謂「象兩手捧雞或鳥之形。……金文彝字之从米若幺糸形者，

實象雞鳥之縛其兩翼以防奪逸者。」〔註274〕

　　齊系「彝」字作（集成 04.2268），或筆畫簡省作（集成 04.2591）。

單　字						
彝/集成 07.3939	彝/集成 09.4644	彝/集成 03.565	彝/集成 05.2750	彝/集成 04.2268	彝/集成 07.4041	彝/集成 07.4029
彝/集成 06.3670	彝/集成 04.2154	彝/集成 03.614	彝/集成 04.2146	彝/集成 15.9408	彝/集成 07.3831	彝/集成 07.3832
彝/集成 07.3828	彝/集成 06.3130	彝/集成 04.2591	彝/古研 29.311	彝/古研 29.310	彝/古研 29.396	彝/山東 507 頁
彝/山東 172 頁	彝/山東 173 頁	彝/山東 174 頁	彝/山東 104 頁	彝/考古 2010.8.33	彝/考古 2010.8.33	

216. 舄

　　《說文解字‧卷四‧鳥部》：「，鵲也。象形。，篆文舄从佳昔。」甲骨文作（外 202）；金文作（大盂鼎）、（九年衛鼎）、（師虎簋）、（師㝬簋）；楚系簡帛文字作（信 2.07）。季旭昇師根據甲骨、金文字形和《說文》「舄」字字釋，認為甲骨當釋「舄」，字象舄形，字形的演變為：—————。〔註275〕

　　齊系「舄」字形與金文第二字形相似。

單　字						
舄/璽彙 0260						

〔註274〕李孝定：《甲骨文字集釋》，頁 3892～3893。
〔註275〕季旭昇師：《甲骨文字根研究》（臺北：文史哲出版社，2003 年），頁 349。

十三、虫　部

217. 虫

《說文解字·卷十三·虫部》：「［圖］，一名蝮，博三寸，首大如擘指。象其臥形。物之微細，或行，或毛，或贏，或介，或鱗，以虫爲象。凡虫之屬皆从虫。」甲骨文作［圖］（前2.24.8）、［圖］（乙8718）；金文作［圖］（魚鼎匕）；楚系簡帛文字作［圖］（上 8.蘭.3）。段玉裁注「此自一種蛇。人自名爲蝮虺。」〔註276〕裘錫圭認爲，「虫」與「蛇」不同字。〔註277〕

齊系「虫」字偏旁字形承襲甲骨［圖］形。

偏　旁						
 蠶/陶錄 2.149.1	 蠶/陶錄 2.147.1	 蠶/陶錄 2.148.4	 蠶/陶錄 2.149.4	 蠶/陶錄 2.109.1	 蠶/陶錄 2.109.3	 蠶/陶錄 2.110.1
 蠶/陶錄 2.108.1	 蠶/陶錄 2.108.2	 癟/陶錄 3.496.1	 膧/陶錄 3.595.4	 膧/陶錄 3.595.2	 膧/陶錄 3.595.3	 膧/陶錄 3.595.1
 螽/陶錄 2.79.4	 螽/璽考 65頁	 螽/桓台 41	 螽/陶錄 2.80.3	 螽/陶錄 2.80.4	 螽/陶錄 2.81.1	 螽/陶錄 2.755.2
 螽/陶錄 2.79.1	 螽/陶錄 2.79.3	 螽/璽考 65頁	 螽/陶錄 2.66.1	 螽/集成 08.4152	 融（蟑）/ 集成 01.102	 融（蟑）/ 古研 29.395
 融（蟑）/ 古研 29.395						

218. 它

《說文解字·卷十三·它部》：「［圖］，虫也。从虫而長，象冤曲垂尾形。

〔註276〕清·段玉裁：《說文解字註》，頁1153。
〔註277〕裘錫圭：〈釋蚩〉，《裘錫圭學術文集》卷1，頁207。

上古艸居患它，故相問無它乎。凡它之屬皆从它。■，它或从虫。」甲骨文作■（合 04813）、■（合 10063）；金文作■（師遽方彝）；楚系簡帛文字作■（郭.老甲.33）、■（郭.六.14）。何琳儀謂「象蛇首、身、蜷尾之形。蛇之初文。」〔註278〕

　　齊系「它」字單字字形作■（集成 15.9704）、■（陶錄 3.584.3）。偏旁字形除作上述兩形外，還作■（阤/新泰 18），張振謙認為，此形來源■形，字形像有脊椎骨的蛇形。或來源甲骨■形，省略蛇形下部筆畫為豎畫，作■（佗/璽彙 1585）。〔註279〕

單　字						
它/集成 16.10222	它/集成 16.10275	它/集成 16.10255	它/集成 16.10277	它/集成 16.10261	它/集成 16.10263	它/集成 16.10211
它/集成 16.10187	它/集成 16.10154	它/集成 16.10244	它/集成 16.10272	它/集成 16.10233	它/集成 16.10242	它/集成 16.10266
它/集成 15.9704	它/集成 16.10210	它/齊幣 418	它/山東 696頁	它/遺珍 69頁	它/陶錄 3.584.3	它/陶錄 3.584.4
它/陶錄 3.623.2	它/張莊磚 文圖一	它/張莊磚 文圖二	它/張莊磚 文圖三	它/張莊磚 文圖四		
偏　旁						
佗/陶錄 2.49.4	佗/陶錄 3.260.1	佗/陶錄 3.260.3	佗/璽彙 1585	邙/陶錄 3.3.2	邙/陶錄 3.3.1	邙/陶錄 3.3.5
邙/璽彙 0355	吔/璽彙 1148	匜（鑍）/ 集成 16.10280	匜（鑍）/ 集成 16.10194	匜（鑍）/ 新收 1733	迤/陶錄 3.507.5	迤/陶錄 3.508.1

〔註278〕何琳儀：《戰國古文字典》，頁863。
〔註279〕張振謙：《齊系文字研究》，頁85。

迤/陶錄 3.507.1	迤/陶錄 3.507.4	迤/陶錄 3.507.6	迤/陶錄 3.507.2	迤/陶錄 3.507.3	沱/集成 17.11120	貤/歷博 53.10
貤/陶錄 3.161.6	貤/陶錄 3.162.1	貤/陶錄 3.162.4	貤/陶錄 3.162.3	貤/古研 29.396	貤/古研 29.395	肔/新泰18
肔/新泰17	刣/陶錄 3.260.6	刣/陶錄 3.261.1	刣/陶錄 3.260.1	刣/陶錄 3.260.2	刣/陶錄 3.260.3	刣/陶錄 3.260.5
刣/陶錄 3.496.4	刣/陶錄 3.496.5	弛/陶錄 3.246.1	弛/陶錄 3.246.2	弛/陶錄 3.246.1	弛/陶錄 3.246.1	弛/陶錄 3.642.2
弛/陶錄 3.241.1	弛/陶錄 3.241.2	弛/陶錄 3.243.1	弛/陶錄 3.244.3	弛/陶錄 3.245.1	弛/陶錄 3.245.4	弛/陶錄 3.245.5
弛/陶錄 3.241.6	弛/陶錄 3.242.1	弛/陶錄 3.243.2	弛/陶錄 3.243.3	弛/陶錄 3.243.4	弛/陶錄 3.243.5	弛/陶錄 3.243.6
弛/陶錄 3.244.1	弛/陶錄 3.245.3	弛/陶錄 3.246.1	軛/陶錄 3.288.2	軛/陶錄 3.288.3	軛/陶錄 3.289.3	軛/陶錄 3.289.4
軛/陶錄 3.289.5	軛/陶錄 3.288.1					
重　文						
它/集成 16.10163	它/集成 16.10282	它/集成 16.10283	它/集成 16.10159	它/集成 09.4645	它/山東 675頁	它/歷文 2009.2.51
它/新收 1043	沱/集成 16.10280					

合　文					
 它人/璽彙 1556					

219. 巳

　　《說文解字・卷十四・巳部》:「,巳也。四月,陽气巳出,陰气巳藏,萬物見,成文章,故巳爲蛇,象形。凡巳之屬皆从巳。」甲骨文作(合13527)、(合 20752);金文作(大盂鼎)、(麗簋);楚系簡帛文字作(上 2.容.28)。何琳儀謂「象爬蟲之形。」〔註280〕季旭昇師謂「《說文》謂巳爲它(虫)象形,二字或本爲一字之分化,或巳即虫之假借,如旬假借雲,乙假乚之例是也。」〔註281〕

　　齊系「巳」字作(集成 01.285)、(璽彙 2209),巳形中部彎曲或不彎曲。偏旁字形除作上述兩形,還作巳形尾部向右上彎曲並增加一撇畫,(祀/集成 01.245);或作巳形中間加一點形,(祀/集成 01.102)。

單　字					
 巳/集成 01.285	 巳/集成 01.278	 巳/璽彙 5333	 巳/璽彙 2209	 巳/陶錄 3.659.1	 巳/歷文 2009.2.51
偏　旁					
 妃/集成 09.4647	 妃/集成 08.4152	 妃/集成 08.4145	 妃/集成 09.4646	 𨟠/集成 16.10282	 𨟠/集成 09.4645	 𨟠/集成 15.9704
 𨟠/新收 1043	 祀/山東 104 頁	 祀/古研 29.396	 祀/集成 01.102	 祀/集成 09.4644	 祀/集成 09.4644	 祀/集成 05.2602
 祀/集成 01.245	 祀/集成 01.245				

〔註280〕何琳儀:《戰國古文字典》,頁 63。
〔註281〕季旭昇師:《甲骨文字根研究》,頁 360。

重　文						
妃/山東675頁	妃/集成16.10283	妃/集成16.10280	妃/集成16.10159	妃/集成16.10163	妃/集成16.10282	妃/集錄1009
妃/歷文2009.2.51						
合　文						
亡巳/璽彙2209						

220. 禹

《說文解字・卷十四・內部》：「㿾，蟲也。从厹，象形。㿾，古文禹。」金文作（且辛禹方鼎）、（秦公簋）；楚系簡帛文字作（上2.容.22）。裘錫圭認為，「禹」是「虫」加飾筆演變而來。〔註282〕董妍希謂「『禹』字所从一或〒形，很可能就是一種區別符號。」〔註283〕

齊系「禹」字偏旁字形與金文形相同，以〒形作為區別符號。

偏　旁						
禹/璽彙5124	禹/璽彙5125	禹/陶錄2.576.3				
合　文						
禹（璽）/集成01.283	禹（璽）/集成01.285	禹（璽）/集成01.276				

〔註282〕裘錫圭：《裘錫圭學術文集》卷一，頁209。
〔註283〕董妍希：《金文字根研究》，頁174。

221. 萬

《說文解字‧卷十四‧内部》:「，蟲也。从厹，象形。」甲骨文作（合 09812）；金文作（師西簋）、（靜簋）；楚系簡帛文字作（郭.性.10）、（上 2.容.51）。羅振玉謂「象蝎形。」〔註284〕

齊系「萬」字作（集成 09.4566），或蝎形頭部觸角方向相反作（集成 07.3740）；或蝎形頭部省略作（集成 15.9687）；偏旁字形還作（蠤/新收 1462），蝎形頭部筆畫簡省。

單　字						
萬/琅琊網 2012.4.18	萬/集成 07.4037	萬/集成 16.10116	萬/集成 16.10263	萬/集成 16.10316	萬/集成 09.4690	萬/集成 01.151
萬/集成 05.2602	萬/集成 07.3974	萬/集成 15.9688	萬/集成 03.670	萬/集成 01.175	萬/集成 15.9687	萬/集成 16.10135
萬/集成 09.4574	萬/集成 16.10277	萬/集成 09.4570	萬/集成 07.3987	萬/集成 09.4566	萬/集成 07.3989	萬/集成 09.4660
萬/集成 09.4649	萬/集成 07.3740	萬/集成 07.3977	萬/集成 08.4111	萬/集成 07.3893	萬/集成 15.9709	萬/集成 05.2690
萬/集成 09.4689	萬/新收 1781	萬/遺珍 44 頁	萬/文明 6.200	萬/古研 29.310		
偏　旁						
礪（礪）/ 集成 16.10277	萬（薹）/ 集成 09.4629	萬（薹）/ 集成 09.4630	萬（薹）/ 集成 01.285	萬（薹）/ 集成 01.285	萬（薹）/ 集成 09.4645	萬（薹）/ 集成 16.10282

〔註284〕羅振玉：《增訂殷虛書契考釋》卷中，頁3。

萬（𧍙）/集成 05.2639	萬（𧍙）/集成 07.3816	萬（𧍙）/集成 09.4630	萬（𧍙）/集成 16.10222	萬（𧍙）/集成 15.9687	萬（𧍙）/集成 16.10135	萬（𧍙）/集成 16.10266
萬（𧍙）/集成 16.10163	萬（𧍙）/集成 16.10272	萬（𧍙）/集成 15.9730	萬（𧍙）/集成 09.4638	萬（𧍙）/集成 09.4639	萬（𧍙）/新收 1462	萬（𧍙）/山東 183 頁
萬（𧍙）/集成 16.10283	萬（𧍙）/集成 16.10318	萬（𧍙）/集成 16.10280	萬（𧍙）/集成 01.277	萬（𧍙）/集成 01.278	萬（邁）/遺珍 65 頁	萬（𧍙）/集成 01.102
萬（𧍙）/集成 01.149	萬（𧍙）/集成 01.245	萬（𧍙）/山東 1108 頁				

222. 求

《說文解字・卷十三・蚰部》：「⬛，多足蟲也。从蚰求聲。⬛，蟲或从虫。」甲骨文作⬛（甲 3016）；金文作⬛（番生簋蓋）；楚系簡帛文字作⬛（郭.六.7）。裘錫圭認為，甲骨字象多足蟲，是蟲、蚑的初文，求索是假借義。[註285]

齊系「求」字單字與偏旁字形作⬛（山東 611 頁），有些偏旁字形求形上部訛變，作⬛（贄/陶錄 2.709.5）。

單　字						
求/山東 611 頁	求/集成 01.271	求/集成 01.47	求/集成 01.50	求/集成 15.9657		

〔註285〕裘錫圭：〈釋求〉，《古文字論集》第十五輯（北京：中華書局，1986 年），頁 6。

偏　旁						
俅/山東 853 頁	邦/璽彙 2204	遨/陶錄 3.504.1	贅/桓台 40	贅/陶錄 2.714.4	贅/陶錄 2.714.5	贅/陶錄 2.709.4
贅/陶錄 2.709.5	贅/陶錄 2.712.1	贅/陶錄 2.711.2	贅/陶錄 2.714.6	贅/陶錄 2.389.3	贅/陶錄 2.683.3	贅/陶錄 2.696.4
贅/陶錄 2.709.3	贅/陶錄 2.713.4	鈠/陶錄 3.278.4	鈠/陶錄 3.279.1	鈠/陶錄 3.278.5	鈠/陶錄 3.278.6	鈠/陶錄 3.648.4
鈠/陶錄 3.278.1	鈠/陶錄 3.278.2	鈠/陶錄 3.278.3	裘/集成 15.9733			

223. 肙

　　《說文解字・卷四・肉部》：「▓，小蟲也。从肉口聲。一曰空也。」楚系簡帛文字作▓（望 2.2）。用作偏旁時，金文作▓（猒/毛公鼎）。劉釗謂「即猒字初文，象口啖肉形，故字有飽義。」〔註286〕

　　齊系「肙」字偏旁與金文偏旁字形相同，口形與肉形相連。

偏　旁						
癝/璽彙 0482	贗/陶錄 3.600.4	猒/陶錄 3.405.3	猒/陶錄 3.405.1	猒/陶錄 3.405.2	猒/陶錄 3.405.6	猒/集成 08.4111
猒/集成 01.285	猒/集成 01.272	猒/集成 01.281				

224. 它

　　《說文解字・卷十三・它部》：「▓，蟲也。从它，象形。它頭與它頭同。凡它之屬皆从它。▓，籀文它。」甲骨文作▓（合 17953）、▓（合 17868）；金文作▓（父辛它卣）、▓（噩君啟車節）。用作偏旁時，楚系簡帛文字作▓

〔註286〕劉釗：《古文字構形學》（福州：福建人民出版社，2006 年），頁 119。

（上 9.陳.20）。商承祚謂「殆今之蛙也。」〔註 287〕于省吾謂「龜形短足而有尾，黽形無尾，其後兩足既伸于前，復折于後。然則黽字本象蛙形，了無可疑。」〔註 288〕

齊系「黽」字偏旁字形承襲甲骨金文，保留兩足伸于前，復折于後的特徵，黽形身體之形或作「它」形，例：（鼄/集成 03.669）；或「它」形筆畫簡省，例：（鼄/集成 03.695）；或省略，例：（鼄/集成 03.717）。在「鼄」字中，出現「朱」與「黽」形共筆，「朱」形簡省木枝之形的現象，作（遺珍 116 頁）。

偏　旁						
 鼉/集成 01.276	 鼉/集成 01.276	 鼉/集成 01.276	 鼉/集成 01.278	 鼉/集成 01.285	 鼉/集成 01.285	 鼉/集成 01.285
 鼄/遺珍 116 頁	 鼄/遺珍 30 頁	 鼄/遺珍 38 頁	 鼄/遺珍 38 頁	 鼄/遺珍 67 頁	 鼄/遺珍 115 頁	 鼉/陶彙 3.781

225. 鼄

《說文解字・卷十三・黽部》：「，鼅鼄也。从黽朱聲。蛛，鼄或从虫。」甲骨文作（前 6.24.3）；金文作（鼄白鬲）、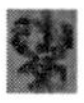（杞白每氏簋）。李孝定謂「字象蛛在網上之形，字从『』，象蟲有鉤爪，與『黽』字象蛙類之形有別。」〔註 289〕金文字形增加聲符「朱」字。

齊系「鼄」字偏旁字形作（集成 03.695）、（集成 15.9687），有些字形省略蛛網形作（集成 05.2642）。

偏　旁						
 鼄/集成 01.50	 鼄/集成 01.87	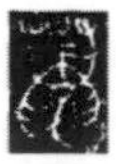 鼄/集成 01.150	 鼄/集成 01.151	 鼄/集成 01.245	 鼄/集成 01.245	 鼄/集成 03.695

〔註 287〕商承祚：《殷虛文字類編》卷 13，頁 4。

〔註 288〕于省吾：〈釋黽、鼄〉《古文字研究》第 7 輯（北京：中華書局，1982 年），頁 2～3。

〔註 289〕李孝定：《甲骨文字集釋》，頁 3960。

鼄/集成 03.670	鼄/集成 03.717	鼄/集成 04.2426	鼄/集成 03.690	鼄/集成 04.2495	鼄/集成 05.2642	鼄/集成 03.691
鼄/集成 07.3897	鼄/集成 07.3898	鼄/集成 07.3898	鼄/集成 07.3899	鼄/集成 15.9687	鼄/集成 15.9688	鼄/集成 16.10114
鼄/集成 07.3901	鼄/集成 03.669	鼄/集成 05.2641	鼄/集成 05.2640	鼄/集成 09.4623	鼄/集成 04.2525	鼄/集成 16.10236

十四、魚　部

226. 魚

《說文解字・卷十一・魚部》:「，水蟲也。象形。魚尾與燕尾相似。凡魚之屬皆从魚。」甲骨文作（合 10918）、（合 10472）；金文作（白魚鼎）、（白魚父壺）；楚系簡帛文字作（望 2.23）。象魚之形。

齊系「魚」字作（陶錄 2.264.3）、（考古 1973.1）。單字和偏旁字形相同，有些偏旁字形省略筆畫作（再/集成 15.9700）、（鄜/山東 797 頁）、（鄱/陶錄 2.390.2）；或簡省魚尾之形作（魯/山東 161 頁）；或字形簡省到只保留表示魚頭形筆畫，作（冄/陶錄 3.561.1）。有些偏旁「魚」字字形筆畫簡省後與「矢」字字形相近，例：（冄/古研 29.396）。

單　字						
魚/璽彙 3725	魚/陶錄 2.264.1	魚/陶錄 2.264.3	魚/陶錄 2.470.2	魚/陶錄 3.364.4	魚/陶錄 2.470.3	魚/陶錄 2.470.1
魚/陶錄 3.364.4	魚/考古 1973.1	魚/齊幣 458				

偏　旁						
蠡/陶錄 3.513.4	鄴/陶錄 2.390.2	鄴/陶錄 2.390.1	鄴/後李三 8	鄜/集成 17.11022	鄜/集成 17.10896	鄜/集成 17.10897
鄜/新收 1025	鄜/山東 797 頁	鰥/山東 104 頁	鰥/山東 104 頁	再/新泰 20	再/山大 4	再/山大 12
再/陶錄 2.9.2	再/陶錄 2.10.2	再/陶錄 2.10.3	再/陶錄 2.12.2	再/陶錄 2.15.1	再/陶錄 2.15.2	再/陶錄 2.9.1
再/陶錄 2.10.1	再/陶錄 2.11.1	再/陶錄 2.7.2	再/陶錄 2.8.1	再/集成 15.9700	再/集成 15.9703	再/集成 01.275
再/集成 01.285	再/集成 15.9700	再/陶錄 2.4.2	再/集成 16.9975	禹/古研 29.396	禹/古研 29.395	禹/陶錄 3.561.4
禹/陶錄 2.326.2	禹/陶錄 2.326.3	禹/陶錄 2.326.4	禹/陶錄 3.561.1	禹/陶錄 3.561.3	魯/遺珍 44 頁	魯/遺珍 46 頁
魯/集成 01.285	魯/集成 16.10316	魯/集成 09.4690	魯/集成 03.593	魯/集成 03.690	魯/集成 03.939	魯/集成 03.648
魯/集成 01.18	魯/集成 07.4110	魯/集成 07.4111	魯/集成 16.10187	魯/集成 02.545	魯/集成 15.9579	魯/集成 16.10116
魯/集成 16.10114	魯/集成 16.10244	魯/集成 03.691	魯/集成 03.692	魯/集成 03.694	魯/集成 09.4566	魯/集成 09.4567
魯/集成 09.4568	魯/集成 07.3974	魯/集成 07.3987	魯/集成 07.3989	魯/集成 16.10086	魯/集成 07.3988	魯/集成 14.9096

魯/集成 09.4517	魯/集成 09.4458	魯/集成 16.10275	魯/集成 05.2639	魯/集成 16.10277	魯/集成 16.10154	魯/集成 14.9408
魯/集成 04.2354	魯/集成 09.4691	魯/集成 16.10124	魯/集成 04.2591	魯/集成 09.4518	魯/集成 09.4519	魯/集成 01.277
魯/陶錄 3.277.4	魯/古研 29.310	魯/古研 29.310	魯/新收 1068	魯/新收 1067	魯/山東 161頁	魯/山東 672頁
穌/集成 09.4428	穌/陶錄 3.541.5	鮷/陶錄 3.603.5	鮷/陶錄 2.473.4	鮷/陶錄 2.677.1	鮷/陶錄 2.84.1	鮷/陶錄 2.84.2
鮷/陶錄 2.470.1	鮷/陶錄 2.472.1	鮷/桓台40	鮷/璽彙 1143	鮮/古研 29.311	盧/集成 01.271	盧/集成 01.271
盧/山大9	臚/璽彙 3935					

227. 貝

《說文解字‧卷六‧貝部》：「▨，海介蟲也。居陸名猋，在水名蜬。象形。古者貨貝而寶龜，周而有泉，至秦廢貝行錢。凡貝之屬皆从貝。」甲骨文作▨（合 29694）、▨（合 08490）；金文作▨（德鼎）、▨（盂爵）；楚系簡帛文字作▨（包 2.274）。象貝之形。

齊系「貝」字單字承襲甲骨作▨（古研 29.310）。偏旁字形貝形下部增加兩撇畫作▨（貤/古研 29.396），這類字形貝形中間或減少一橫畫作▨（賧/齊幣 318）。偏旁字形貝形或訛變，源於單字▨形，上部筆畫拉平作圓弧形，字形「目」字小篆字形近似，作▨（得/貨系 3790）。

單 字						
貝/古研 29.310	貝/古研 29.310	貝/古研 29.311	貝/古研 29.311			

偏　旁						
保/集成 01.87	瓔（瑗）/ 陶彙 3.739	瓔（瑗）/ 陶彙 3.284	覿/陶錄 2.48.2	覿/陶錄 2.48.4	覿/陶錄 2.48.1	覿/陶錄 2.285.2
得/齊幣 346	得/齊幣 376	得/貨系 3791	得/貨系 3790	得/集成 15.9703	得/集成 15.9975	得/集成 16.10374
得/集成 17.11033	得/陶錄 3.60.1	得/陶錄 3.61.3	得/陶錄 3.61.6	得/陶錄 2.13.3	得/陶錄 2.482.2	得/陶錄 3.56.6
得/陶錄 2.6.3	得/陶錄 2.13.1	得/陶錄 2.13.2	得/陶錄 2.14.1	得/陶錄 2.14.3	得/陶錄 2.15.1	得/陶錄 2.15.3
得/陶錄 2.15.2	得/陶錄 2.248.3	得/陶錄 2.249.3	得/陶錄 2.278.2	得/陶錄 2.278.3	得/陶錄 2.301.4	得/陶錄 2.306.3
得/陶錄 2.395.1	得/陶錄 2.402.1	得/陶錄 2.478.1	得/陶錄 2.477.1	得/陶錄 2.479.3	得/陶錄 2.480.3	得/陶錄 2.483.1
得/陶錄 2.483.4	得/陶錄 2.484.2	得/陶錄 2.531.2	得/陶錄 2.671.3	得/陶錄 2.631.1	得/陶錄 2.631.4	得/陶錄 2.731.3
得/陶錄 2.732.3	得/陶錄 2.735.2	得/陶錄 2.735.3	得/陶錄 2.735.4	得/陶錄 2.751.3	得/陶錄 2.751.4	得/陶錄 3.13.4
得/陶錄 3.57.4	得/陶錄 3.57.6	得/陶錄 3.61.1	得/陶錄 3.59.4	得/後李四 10	得/後李四 11	得/陶彙 3.803
得/璽彙 0291	得/璽彙 1265	得/璽彙 3377	得/璽彙 3604	得/璽彙 4335	得/璽彙 4889	得/璽考 41 頁

得/璽考 66頁	得/集錄 1011	得/考古 2011.10.28	得/山大 6	得/新泰 24	得/山大 10	得/新泰 6
得/新泰 7	得/新泰 8	得/新泰 23	買/陶錄 3.449.3	買/陶錄 3.449.5	買/陶錄 3.448.5	買/陶錄 3.449.4
買/陶錄 3.446.3	買/陶錄 3.446.5	買/陶錄 3.445.1	買/陶錄 3.446.2	買/陶錄 3.447.4	買/陶錄 3.449.6	買/陶錄 3.449.2
貲/陶錄 3.159.1	貲/陶錄 3.159.3	貲/陶錄 3.159.5	貲/陶錄 2.251.4	貲/陶錄 2.251.3	賸/貨系 4095	賸/貨系 4094
賸/貨系 4097	賸/貨系 4098	賸/貨系 4096	賸/貨系 4104	賸/貨系 4111	賸/後李二 9	賸/陶錄 2.445.1
賸/陶錄 2.546.1	賸/陶錄 2.445.4	賸/陶錄 2.75.4	賸/陶錄 2.359.1	賸/陶錄 2.311.1	賸/陶錄 2.312.3	賸/陶錄 2.683.2
賸/陶錄 2.364.4	賸/陶錄 2.427.1	賸/陶錄 2.427.4	賸/陶錄 2.413.2	賸/陶錄 2.413.3	賸/陶錄 2.447.2	賸/陶錄 2.545.1
賸/陶錄 2.545.3	賸/齊幣 323	賸/齊幣 414	賸/齊幣 413	賸/齊幣 415	賸/齊幣 306	賸/齊幣 318
賸/齊幣 314	賸/齊幣 320	貶/集成 08.4190	賁/璽彙 2611	賡/璽彙 0262	賡/陶錄 3.161.2	賡/陶錄 3.160.5
賡/陶錄 3.161.1	賡/陶錄 3.161.3	賡/陶錄 3.160.3	賡/陶錄 3.160.2	賡/陶錄 3.160.4	賡/陶錄 3.160.1	婚/陶錄 3.549.5

䭔/陶錄 3.549.6	賿/陶錄 2.178.3	賿/陶彙 3.299	測/集成 05.2750	貤/歷博 53.10	貤/古研 29.395	貤/古研 29.396
貤/陶錄 3.161.6	貤/陶錄 3.162.1	貤/陶錄 3.162.4	貤/陶錄 3.162.3	贅/桓台 40	贅/陶錄 2.714.4	贅/陶錄 2.714.5
贅/陶錄 2.709.5	贅/陶錄 2.712.1	贅/陶錄 2.711.2	贅/陶錄 2.714.6	贅/陶錄 2.389.3	贅/陶錄 2.683.3	贅/陶錄 2.696.4
贅/陶錄 2.709.3	贅/陶錄 2.713.4	贅/陶錄 2.709.4	贅/璽彙 3697	資/集成 09.4630	資/集成 09.4629	資/新收 1781
賓/集成 05.2732	賓/集成 03.1422	賓/集成 15.9700	貼/璽彙 0585	貼/璽彙 3677	貼/璽彙 4032	貼/璽彙 3107
貼/陶錄 3.453.1	貼/陶錄 3.453.3	貼/陶錄 3.453.4	貼/陶錄 3.452.2	貼/陶錄 3.452.1	貼/陶錄 3.453.5	貼/陶錄 3.453.6
貼/陶錄 3.452.5	貼/陶錄 3.452.6	貼/陶錄 3.453.2	賫/古研 29.310	賫/古研 29.310	賫/珍秦 19	賷/璽彙 3723
賷/璽彙 0573	賷/璽彙 1943	賷/璽彙 3590	賷/璽彙 3678	賷/璽彙 3690	賷/璽彙 1928	賷/璽彙 3609
賷/璽彙 3918	賷/陶錄 2.55.1	賷/陶錄 2.55.2	賷/陶錄 2.3.2	賷/陶錄 2.4.2	賷/陶錄 2.5.1	賷/陶錄 2.55.2
賷/陶錄 2.653.1	賷/陶錄 2.4.1	賷/陶錄 2.5.2	賜/集成 15.9733	賜/璽彙 2187	賜/璽彙 2201	賜/陶錄 3.161.5

賸/瑯琊網 2012.4.18	賸/新收 1045	賸/新收 1045	賸/山東 672頁	賸/山東 675頁	賸/集成 16.10266	賸/集成 16.10159
賸/集成 07.3987	賸/集成 07.3974	賸/集成 16.10086	賸/集成 07.3988	賸/集成 07.3989	賸/集成 05.2589	賸/集成 16.10271
賸/集成 16.10277	賸/集成 03.707	賸/集成 16.10135	敗/銘文選 848	敗/集成 01.276	敗/集成 01.285	齎/陶錄 2.485.1
齎/陶錄 2.485.3	齎/陶錄 3.573.1	暴/陶錄 2.417.2	暴/陶錄 2.419.4	暴/陶錄 2.414.1	暴/陶錄 2.415.2	暴/陶錄 2.418.1
暴/陶錄 2.411.1	暴/陶錄 2.410.1	暴/陶錄 2.410.3	暴/陶錄 2.415.1	暴/桓台 40	貽/陶錄 2.50.1	寶/璽彙 0581
賀/集成 07.4096	贖/集成 16.10374	贖/集成 16.10374	寶/文明 6.200	寶/古研 29.311	寶/瑯琊網 2012.4.18	寶/集成 16.10246
寶/集成 03.717	寶/集成 03.717	寶/集成 04.2426	寶/集成 16.10263	寶/集成 09.4690	寶/集成 01.271	寶/集成 16.10261
寶/集成 16.10361	寶/集成 16.10242	寶/集成 09.4519	寶/集成 09.4567	寶/集成 16.10116	寶/集成 16.10154	寶/集成 09.4642
寶/集成 16.10222	寶/集成 16.10275	寶/集成 04.2495	寶/集成 07.3899	寶/集成 07.3900	寶/集成 07.3901	寶/集成 10.5245
寶/集成 15.9687	寶/集成 04.2591	寶/集成 15.9687	寶/集成 03.565	寶/集成 09.4570	寶/集成 09.4560	寶/集成 07.3740

寶/集成 09.4574	寶/集成 16.10135	寶/集成 16.10266	寶/集成 04.2589	寶/集成 16.10221	寶/集成 07.3772	寶/集成 07.3977
寶/集成 07.3893	寶/集成 07.4037	寶/集成 16.10114	寶/集成 16.10115	寶/集成 03.690	寶/集成 09.4428	寶/集成 01.285
寶/古研 29.310	寶/古研 29.395	寶/古研 29.396	寶/遺珍 32頁	寶/遺珍 33頁	寶/山東 696頁	寶/文博 2011.2
寶/中新網 2012.8.11	寶/中新網 2012.8.11	寶/中新網 2012.8.11	寶/考古 2010.8.33	寶/考古 2011.2.16	寶/考古 1989.6	纓/陶錄 3.417.6
纓/陶錄 3.416.1	纓/陶錄 2.161.1	纓/陶錄 2.161.2	纓/陶錄 2.161.3	纓/陶錄 2.161.4	纓/陶錄 3.416.4	纓/陶錄 3.417.5
纓/陶錄 3.416.5	纓/陶彙 3.283	纓/陶錄 2.171.3	纓/陶錄 3.416.3	纓/陶錄 2.549.1	纓/陶錄 2.549.2	纓/陶錄 3.417.5
填/歷博 1993.2	購/陶彙 3.825	購/璽彙 1276	購/陶錄 3.636.4	購/陶錄 2.561.2	購/陶錄 2.561.1	購/陶錄 3.480.6
賣/陶錄 3.450.3	賣/陶錄 3.450.4	賣/陶錄 3.450.6	賣/陶錄 3.451.4	賣/陶錄 3.451.5	賣/陶錄 3.451.1	賣/陶錄 3.451.3
賣/陶錄 3.450.1	賣/陶錄 3.450.2	貽/陶錄 3.146.3	貽/陶錄 3.147.1	貽/陶錄 3.148.1	貽/陶錄 3.146.5	貽/陶錄 3.147.3
貽/陶錄 3.146.1	貽/陶錄 3.146.2	賈/璽彙 5657	賈/璽彙 3225	賈/璽彙 3702	賈/陶彙 3.820	賈/桓台 40

賈/山東 675頁	賈/陶錄 2.53.2	眅/璽彙 3992	眅/璽彙 0235	眅/璽彙 3999	眅/陶錄 3.306.4	眅/陶錄 3.306.5
眅/陶錄 3.301.3	眅/陶錄 3.306.3	眅/陶錄 3.306.6	眅/陶錄 3.306.1	眅/陶錄 3.300.2	眅/陶錄 3.305.5	眅/陶錄 3.306.2
眅/陶錄 3.301.2	眅/陶錄 3.307.4	眅/陶錄 3.303.6	眅/陶錄 3.304.1	眅/陶錄 3.12.1	眅/陶錄 3.300.5	眅/歷博 53.11
賭/陶錄 3.125.1	賭/陶錄 3.124.6	賭/陶錄 3.127.2	賭/陶錄 3.124.1	賭/陶錄 3.131.3	賭/陶錄 3.129.5	賭/陶錄 3.125.6
賭/陶錄 3.124.3	賭/陶錄 3.124.5	賞/陶錄 2.521.4	賞/陶錄 2.522.1	賞/陶錄 2.548.3	賞/陶錄 2.548.4	賞/陶錄 2.750.2
賞/陶錄 2.751.1	賞/陶錄 2.367.1	賞/陶錄 2.368.1	賞/陶錄 2.371.6	賞/陶錄 2.368.3	賞/陶錄 2.672.3	賞/陶錄 2.521.1
賞/陶錄 2.522.3						
合　文						
永寶/集成 05.2602						

228. 毌

《說文解字‧卷七‧毌部》:「⬛,穿物持之也。从一橫貫,象寶貨之形。凡毌之屬皆从毌。讀若冠。」金文作⬛(中方鼎)、⬛(晉姜鼎)。用作偏旁時,金文作⬛(實/訣簋);⬛(實/清 1.保.6)。季旭昇師謂「象貫二貝之

形。」〔註290〕

齊系「丗」字偏旁字形上部的貝形近似「田」形。

偏　旁						
𣪊/銘文選 848	𣪊/集成 01.276	𣪊/集成 01.285	實/新收 1042	實/新收 1042	實/集成 16.10361	

229. 龍

《說文解字・卷十一・龍部》:「（圖）,鱗蟲之長。能幽,能明,能細,能巨,能短,能長;春分而登天,秋分而潛淵。从肉,飛之形,童省聲。凡龍之屬皆从龍。」甲骨文作（圖）（合07073）;金文作（圖）（昶仲鬲）、（圖）（樊夫人龍嬴匜）;楚系簡帛文字作（圖）（包2.138）、（圖）（上1.紂.13）。羅振玉謂「卜辭或从辛,即許君所謂童省。从（圖）象龍形,（圖）其首,即許誤以為从肉者,（圖）其身矣。或省辛,但為首角全身之形,或又增足。」〔註291〕葉玉森謂「辛,象肉冠。」〔註292〕

齊系「龍」字作（圖）（集成09.4458),單字和偏旁字形相同。

單　字						
龍/集成 09.4458						
偏　旁						
聾/集成 17.11105	龏/集成 01.151	龏/集成 01.172	龏/集成 01.175	龏/集成 01.245	龏/集成 09.4623	龏/集成 09.4458
龏/集成 07.3939	龏/集成 08.4190	龏/集成 09.4649	龏/集成 01.276	龏/集成 01.285	龏/集成 01.173	龏/集成 08.4190

〔註290〕季旭昇師:《說文新證》,頁558。
〔註291〕羅振玉:《增訂殷虛書契考釋》卷中,頁43。
〔註292〕葉玉森:〈檉契枝譚〉,《學衡》第31期,頁9。

𩇽/集成 01.149	𩇽/山東104頁	鼉/遺珠圖 144			

230. 蠃

《說文解字·卷四·肉部》：「■，或曰：蜼名，象形。闕。」甲骨文作■（甲1632）；金文作■（䵼鐘）；楚系簡帛文字作■（包2.41）。陳世輝、湯餘惠謂「象一口蜷身之動物。」〔註293〕

齊系「蠃」字偏旁字形與金文字形相同。

偏　旁						
蠃/集成 05.2640	蠃/集成 05.2641	蠃/集成 05.2568	蠃/集成 09.4560	蠃/集成 09.4560	蠃/新收 1045	蠃/新收 1045

十五、皮　部

231. 夗

《說文解字·卷七·夕部》：「■，轉臥也。从夕从卩。臥有卩也。」甲骨文作夗（乙1799）；金文作■（四十三年逨鼎）；用作偏旁時，楚系簡帛文字作■（𨷍/望2.策）。季旭昇師謂「夗，古文字从肉，疑象動物將死宛轉而臥之形。」〔註294〕

齊系偏旁「夗」字左右部分字形相連共筆。

偏　旁						
畹（豌）/陶錄 2.431.1	畹（豌）/陶錄 2.431.2					

232. 冎

《說文解字·卷四·冎部》：「■，剔人肉置其骨也。象形。頭隆骨也。凡

〔註293〕陳世輝、湯餘惠：《古文字學概要》（福州：福建人民出版社，2011年），頁168～169。

〔註294〕季旭昇師：《說文新證》，頁555。

冎之屬皆从冎。」甲骨文作█（合 03236）；金文作█（冎父辛）；楚系簡帛文字作█（禍/清 1.楚.16）、█（咼/清 3.琴.6）。于省吾謂「象骨架相支撐之形。其左右的小豎劃，象骨節轉折處突出形。」〔註295〕

齊系「冎」字偏旁承襲甲骨█形。

偏　旁					
█ 鄙/新收 1091	█ 堝/陶錄 3.219.4	█ 堝/陶彙 9.107			

233. 肩

《說文解字·卷四·肉部》：「█，髆也。从肉，象形。█，俗肩从戶。」甲骨文作█（乙 6638）、█（前 1.43.6）；楚系簡帛文字作█（清 3.琴.3）。李孝定謂「象卜用牛骨胛骨之形。」〔註296〕

齊系「肩」字偏旁承襲甲骨字形。

偏　旁					
█ 啟/集成 08.4041					

234. 肉

《說文解字·卷四·肉部》：「█，胾肉。象形。凡肉之屬皆从肉。」甲骨文作█（合 21319）、█（合 31770）；楚系簡帛文字作█（包 2.145）。用作偏旁時，金文作█（有/免簋）。象肉之形。

齊系「肉」字偏旁有與金文偏旁字形相同的字形，例：█（肥/陶錄 3.486.1）。還有典型的齊系字形，張振謙謂「一種寫作█，兩撇狀筆划的下部皆不出頭，形成筆劃封閉的形體。……另一種寫作█，上面——撇的下部不出頭，下面一撇向左下方出頭。」〔註297〕

「肉」與「月」字字形近不易區分，其區分方式除了上述兩種齊系典型字

〔註295〕于省吾：《甲骨文字釋林》，頁 368。
〔註296〕李孝定：《甲骨文字集釋》，頁 1492。
〔註297〕張振謙：《齊系文字研究》，頁 51～52。

形外，還有：字形中間為點形是「月」字，例：𗏟（集成 15.9700）；字形中間為橫畫，且與字形輪廓相連的是「肉」字，𗏟（肥/陶錄 3.486.1）。但因為有些字形內部筆畫簡省或殘缺，導致仍是不易辨別。

偏　旁						
多/璽考 295 頁	多/集成 15.9733	多/集成 09.4458	多/集成 09.4458	多/集成 01.86	多/集成 05.2750	朣/璽彙 0623
骨/陶錄 2.231.2	骨/陶錄 2.232.4	骨/陶錄 2.231.3	骨/陶錄 2.231.1	骨/陶錄 2.230.3	骨/陶錄 2.230.4	骨/陶彙 3.205
痛/陶錄 3.368.1	痛/陶錄 3.368.3	痛/陶錄 3.369.1	痛/陶錄 3.368.6	胎/集成 17.11127	腿/陶錄 3.498.5	膃/陶錄 3.595.3
腿/陶錄 3.498.1	腿/陶錄 3.498.2	腿/陶錄 3.498.4	膃/陶錄 3.595.1	膃/陶錄 3.595.4	膃/陶錄 3.595.2	朐/陶錄 2.649.1
朐/陶錄 2.648.1	齒/陶錄 3.216.1	齒/陶錄 3.216.3	齒/陶錄 3.216.6	齒/陶錄 2.251.3	齒/陶錄 2.251.4	齒/陶錄 3.216.2
齒/陶錄 3.216.4	齒/陶錄 3.216.5	齒/陶錄 3.217.1	齒/陶錄 3.217.2	齒/陶錄 3.217.3	齒/陶錄 3.217.6	齒/璽彙 4013
肮/陶錄 3.269.6	肮/陶錄 3.270.1	肮/陶錄 3.271.2	肥/陶錄 3.486.1	筥（簴）/貨系 3785	筥（簴）/貨系 3790	筥（簴）/貨系 3789
筥（簴）/貨系 3786	筥（簴）/貨系 3791	筥（簴）/貨系 3784	筥（簴）/貨系 3793	筥（簴）/貨系 3794	筥（簴）/貨系 3792	筥（簴）/山東 103 頁

筥（篳）/山東103頁	筥（篳）/山東103頁	筥（篳）/集成08.4152	筥（篳）/集成15.9733	筥（篳）/齊幣346	筥（篳）/齊幣326	筥（篳）/齊幣331
膿/璽彙0575	贅/璽彙3931	脬/陶錄2.538.1	脬/陶錄2.538.2	孀/集成07.3816	孀/集成16.10147	脊/歷文2007.5.15
脊/新收1861	脊/集成17.11129	脊/集成09.4649	脊/集成09.4649	脊/陶錄3.594.2	脊/陶錄3.594.3	脊/陶錄2.547.4
將/歷博1993.2	鼻/陶錄2.292.2	鼻/陶錄2.292.3	鼻/陶錄2.292.1	膿/璽彙3689	膜/陶錄2.588.4	胡/璽彙3691
鏽/集成01.172	鏽/集成01.176	鏽/集成01.177	鏽/集成01.245	慮（憊）/集成05.2750	有/古研29.310	有/古研29.396
有/集成01.285	有/集成01.276	有/集成09.4648	有/集成09.4649	有/後李七2	膳/陶錄3.533.6	腹/璽彙0306
腹/璽彙0656	隋（脅）/陶錄3.484.6	隋（脅）/陶錄3.484.5	隋（脅）/陶錄3.484.4	祭/集成08.4152	祭/集成09.4649	祭/集成01.245
祭/集成09.4647	祭/集成09.4646	祭/陶錄3.71.6	祭/陶錄3.73.2	祭/陶錄3.73.3	祭/陶錄3.73.1	祭/陶錄3.67.2
祭/陶錄3.72.1	祭/陶錄3.8.2	祭/陶錄3.8.3	祭/陶錄3.9.1	祭/陶錄3.11.1	祭/陶錄3.11.4	祭/陶錄3.71.3

祭/陶錄 3.9.2	祭/陶錄 3.10.2	祭/陶錄 3.69.1	祭/陶錄 3.69.5	祭/陶錄 3.70.3	祭/陶錄 3.71.5	祭/陶錄 3.72.4
祭/陶錄 3.69.6	祭/陶錄 3.70.4	祭/陶錄 3.12.4	祭/陶錄 3.70.1	祭/澂秋 30	散（簾）/ 尋繹 63	散（簾）/ 尋繹 63
散（簾）/ 山東 833 頁	散（簾）/ 山東 832 頁	散（簾）/ 新收 1168	散（簾）/ 集成 17.11101	散（簾）/ 集成 08.4036	散（簾）/ 集成 17.11591	散（簾）/ 集成 08.4037
散（簾）/ 集成 17.11036	散（簾）/ 集成 18.12023	散（簾）/ 集成 17.11033	散（簾）/ 集成 17.10963	散（簾）/ 集成 18.12024	散（簾）/ 集成 17.11210	簾/集成 17.10898
簾/璽彙 3112	簾/璽彙 5682	賸/山東 675 頁	賸/山東 672 頁	賸/新收 1045	賸/新收 1045	賸/瑯琊網 2012.4.18
賸/集成 07.3987	賸/集成 07.3974	賸/集成 16.10086	賸/集成 07.3988	賸/集成 07.3989	賸/集成 05.2589	賸/集成 16.10271
賸/集成 16.10277	賸/集成 03.707	賸/集成 16.10135	賸/集成 16.10266	賸/集成 16.10159	胥/璽彙 3587	胥/璽彙 2177
胥/璽彙 3554	胥/陶錄 2.26.5	胥/陶錄 2.26.6	胥/陶錄 2.26.4	胘/陶錄 2.26.5	胘/陶錄 2.26.6	昔（薔）/ 陶錄 2.394.2
昔（薔）/ 陶錄 2.394.3	昔（薔）/ 陶錄 2.393.3	昔（薔）/ 陶錄 2.393.4	昔（薔）/ 陶錄 2.394.1	侑/璽考 43 頁	濇/山璽 16 頁	濇/璽彙 0259

縢/集成 01.285	蕳/璽彙 1465	蕳/璽彙 3544	蕳/璽彙 5677	蕳/璽彙 1954	蕳/璽彙 0576	哉/璽彙 0248
戠/璽彙 3698	膩/陶錄 2.54.2	膩/陶錄 2.54.1	膩/陶錄 2.50.1	膩/陶錄 2.54.2	膳（膋）/ 集成 09.4645	臚/璽彙 0344
鵰/集成 17.10818	鵰/集成 18.11651	脽/陶錄 3.310.2	脽/陶錄 3.310.1	脽/陶錄 3.310.3	脽/陶錄 3.310.5	膽/璽彙 3935
鼏/新出 1917	鼏/山東 218 頁	鼏/集成 03.648	鼏/集成 05.2639	鼏/集成 05.2750	鼏/集成 04.2354	逐/陶錄 2.534.2
逐/陶錄 2.537.1	逐/陶錄 2.670.3	逐/陶錄 2.535.1	逐/陶錄 2.535.3	臚（膚）/ 集錄 1129	臚（膚）/ 集成 01.149	臚（膚）/ 集成 01.151
渭/陶彙 3.646	渭/陶彙 3.645	渭/陶錄 2.23.1	渭/陶錄 2.23.2	渭/璽考 43 頁	渭/璽考 44 頁	渭/璽考 44 頁
膞/璽考 61 頁	膞/陶錄 2.292.4	薛（膟）/ 新收 1131	薛（膟）/ 璽彙 3603	薛（膟）/ 山東 393 頁	薛（膟）/ 陶錄 2.279.1	薛（膟）/ 陶錄 2.279.3
薛（膟）/ 集成 16.10263	薛（膟）/ 集成 09.4556	薛（膟）/ 集成 09.4546	薛（膟）/ 集成 09.4547	薛（膟）/ 集成 16.10133	膌/集成 18.11815	膌/新收 1097
膌/新收 1093	膌/新收 1093	膋/璽彙 3225				

合　文					
![]	![]	![]			
祭豆/陶錄 3.12.2	祭豆/陶錄 3.72.2	祭豆/陶錄 3.72.5			

235. 皮

《說文解字·卷三·皮部》：「![]，剝取獸革者謂之皮。从又，爲省聲。凡皮之屬皆从皮。![]，古文皮。![]，籀文皮。」甲骨文作![]（花 550）；金文作![]（九年衛鼎）；楚系簡帛文字作![]（包 2.33）、![]（上 1.紂.10）。林義光謂「从![]象獸頭角尾之形，コ象其皮，又象手剝取之。」〔註 298〕

齊系「皮」字單字和偏旁字形與金文![]形相同。在「克」字中「皮」與「由」字形共筆，作![]（集成 09.4649）。

偏　旁					
![]	![]	![]	![]	![]	![]
皮/集成 17.11126	皮/集成 08.4127	皮/集成 08.4127	皮/集成 17.11183	皮/陶錄 3.493.5	皮/陶錄 3.483.2
偏　旁					
![]	![]	![]	![]	![]	
波/陶錄 3.273.2	波/陶錄 3.273.3	波/陶錄 3.273.1	克/集成 09.4649	克/山東 104 頁	

236. 革

《說文解字·卷三·革部》：「![]，獸皮治去其毛，革更之。象古文革之形。凡革之屬皆从革。![]，古文革从三十。三十年爲一世，而道更也。白聲。」甲骨文作![]（花 474）；金文作![]（康鼎）、![]（鄂君啟車節）；楚系簡帛文字作![]（望 2.49）。季旭昇師謂「『口』形往往象獸頭，中豎爲獸皮，兩旁爲張開之皮革，象製革之形。」〔註 299〕

齊系「革」字偏旁字形與金文![]形相同，或簡省張開皮革之形的筆畫，作![]（鞏/集成 01.271）。

<hr>

〔註 298〕林義光：《文源》，頁 228～229。
〔註 299〕季旭昇師：《說文新證》，頁 187。

偏　旁						
鞄（鞏）/ 歷文 2009.2.51	鞄（鞏）/ 集成 01.271	鞈/璽彙 1661	轉/璽彙 3634	鞄（鞈）/ 璽彙 3544		

237. 角

《說文解字・卷四・角部》：「▨，獸角也。象形，角與刀、魚相似。凡角之屬皆从角。」甲骨作▨（合 00670）、▨（合 06057）；金文作▨（伯角父盉）；楚系簡帛文字作▨（包 2.180）。羅振玉謂「象角形，∧象角上橫理。」〔註300〕

齊系「角」字單字和偏旁字形作▨（陶錄 3.393.4）、▨（陶錄 3.532.3）。

單　字						
角/集成 17.11210	角/陶彙 3.802	角/陶錄 3.33.1	角/陶錄 3.35.6	角/陶錄 3.392.4	角/陶錄 3.392.6	角/陶錄 3.33.6
角/陶錄 3.35.1	角/陶錄 3.35.6	角/陶錄 3.393.2	角/陶錄 3.393.1	角/陶錄 3.394.1	角/陶錄 3.532.1	角/陶錄 3.532.2
角/陶錄 3.393.1	角/陶錄 3.393.4	角/陶錄 3.394.2	角/陶錄 3.394.5	角/陶錄 3.532.3	角/陶錄 3.610.2	角/陶錄 3.624.4
角/陶錄 3.655.6						
偏　旁						
鄭/璽彙 0237	壊/歷博 1993.2	壊/集成 18.12107	妻/集成 15.9730	妻/集成 15.9729	粟/璽彙 5550	觸（皐）/ 陶彙 3.820

〔註300〕羅振玉：《增訂殷虛書契考釋》卷中，頁 31。

觸（皋）/ 陶錄 3.559.5	觸（皋）/ 陶錄 3.559.6				

238. 羽

《說文解字·卷四·羽部》：鞄「，鳥長毛也。象形。凡羽之屬皆从羽。」甲骨文作（合 28194）；金文作（曾侯乙鐘）；楚系簡帛文字作（望 2.47）、（包 2.253）。季旭昇師謂「甲骨文『羽』字象翼部羽毛，蓋鳥長毛主要長在翼部上，因為甲骨文此字可有羽、翼二讀。……戰國以後『羽』字中部分開成為二體，與甲骨以來的字形差別較大，而與甲骨文的『彗』字同形。」〔註301〕

齊系「羽」偏旁字形與楚系形相同。

偏　旁						
猵/璽彙 3824	翼/集成 17.11087	翼/周金 6.26.1	翼/集成 17.11086	濯/集成 17.10978	緤/陶錄 2.280.2	翂/璽彙 0259
翂/山璽 16						

239. 非

《說文解字·卷十一·非部》：「，違也。从飛下翄，取其相背。凡非之屬皆从非。」甲骨文作（合 31677）；金文作（班簋）；楚系簡帛文字作（望 1.86）。徐灝謂「凡鳥飛，翄必相背，故因之為違背之偁。戴氏侗曰『飛與非一字而兩用，猶烏於之為一字也，借義既博，故判為二字』是也。」〔註302〕林義光謂「象張兩翅。周伯琦以為與飛同字，當從之。」〔註303〕

齊系「非」字作（璽彙 3080），單字與偏旁字形相同。

〔註301〕季旭昇師：《說文新證》，頁 281。
〔註302〕清·徐灝：《說文解字注箋》，十一下，頁 52。
〔註303〕林義光：《文源》，頁 165。

單　字					
 非/山東 104頁	 非/璽彙 3080	 非/璽彙 3080			
偏　旁					
 挈/陶錄 3.317.1	 挈/陶錄 3.317.2	 挈/陶錄 3.317.3	 挈/陶錄 3.317.4	 挈/陶錄 3.317.5	 挈/陶錄 3.317.6
合　文					
 非子/璽彙 1365					

240. 尾

《說文解字・卷八・尾部》：「，微也。从到毛在尸後。古人或飾系尾，西南夷亦然。凡尾之屬皆从尾。」甲骨文作（合 00136)）；金文作（王仲皇父盉）；楚系簡帛文字作（曾.83）。羅振玉謂「象人形而後有尾。」〔註304〕

齊系「尾」字單字和偏旁字形與甲骨形相同。

單　字					
 尾/陶錄 2.647.1					
偏　旁					
 犀/集成 16.10374	 蠱/山東 103頁	 蠱/山東 103頁	 蠱/山東 76頁	 蠱/山東 76頁	 蠱/山東 76頁

241. 𠄏

《說文解字・卷二・牛部》：「，畜父也。从牛土聲。」甲骨文作（乙

〔註304〕羅振玉：《增訂殷虛書契考釋》卷中，頁 24。

1764）；金文作（刺鼎）；楚系簡帛文字作（曾 203）。季旭昇師謂「甲骨文『牡』字，字从『豕』，旁著牡器之形，而牡器之形與『土』字簡體接近。牡器後寫成『土』形，古文字又與『土』字接近，因此《說文》遂以為『土』聲。以豕比牛，牡字旁所從的『土』形，應該也是牡器的象形。」〔註305〕「⊥」字即為雄性器官，戰國古文字逐漸寫作「土」形。

齊系「⊥」字偏旁字形寫作「土」形，且「牡」字從「馬」。

偏　旁					
 牡/集成 15.9733	 牡/集成 15.9733				

242. 卵

《說文解字・卷十三・卵部》：「，凡物無乳者卵生。象形。凡卵之屬皆从卵。」金文作（次又缶）；楚系簡帛文字作（望 2.46）。裘錫圭釋卜辭為「剢」字，認為此字左旁形為「象男子生殖器之形」。〔註306〕陳漢平釋「卵」（）字，謂「甲骨文有字作，舊未釋。按此字从，象體毛形。……而字作象，即為陽具。……《說文》卵字即之局部截取，故甲骨文此字當釋卵、。」〔註307〕由此，卵即為牡器之局部截取。

齊系偏旁「卵」字與金文字形相同。「卵」字字形兩旁本作虛廓，齊系字形作則將虛廓填實。齊系「卵」與「卯」字字形之別在於兩旁的輪廓是否填實，字形兩旁作虛廓的為「卯」字，作實廓的為「卵」字。

偏　旁						
 關/集成 16.10368	 關/集成 16.10371	 關/集成 16.10371	 關/集成 16.10374	 關/集成 16.10374	 關/集成 16.10374	 關/集成 16.10374

〔註305〕季旭昇師：《說文新證》，頁 91。

〔註306〕裘錫圭：〈甲骨文中所見的商代五刑──並釋剕剢二字〉，《古文字論集》（北京：中華書局，1992 年），頁 212。

〔註307〕陳漢平：〈古文字釋叢──三，釋卵珋凡〉，《國際商史會議論文》，1987 年。

關/集成 16.10374	關/集成 16.10374	關/璽彙 0172	關/璽彙 0174	關/璽彙 0177	關/璽彙 0173	關/璽彙 0175
關/璽彙 0176	關/璽考 31頁	關/璽考 53頁	關/璽考 53頁	關/陶錄 2.339.3	關/陶錄 2.316.2	關/陶錄 2.319.2
關/陶錄 2.341.2	關/陶錄 2.344.3	關/陶錄 2.319.4	關/陶錄 2.320.3	關/陶錄 2.321.1	關/陶錄 2.323.1	關/陶錄 2.324.1
關/陶錄 2.325.1	關/陶錄 2.325.4	關/陶錄 2.326.2	關/陶錄 2.326.4	關/陶錄 2.327.2	關/陶錄 2.327.4	關/陶錄 2.328.3
關/陶錄 2.333.1	關/陶錄 2.332.4	關/陶錄 2.334.3	關/陶錄 2.336.1	關/陶錄 2.336.2	關/陶錄 2.336.3	關/陶錄 2.338.1
關/陶錄 2.338.3	關/陶錄 2.361.4	關/陶錄 2.339.4	關/陶錄 2.341.4	關/陶錄 2.344.1	關/陶錄 2.349.1	關/陶錄 2.349.2
關/陶錄 2.349.3	關/陶錄 2.349.4	關/陶錄 2.360.1	關/陶錄 2.360.3	關/陶錄 2.360.4	關/陶錄 2.355.1	關/陶錄 2.355.3
關/陶錄 2.351.1	關/陶錄 2.351.2	關/陶錄 2.351.4	關/陶錄 2.353.1	關/陶錄 2.358.1	關/陶錄 2.358.2	關/陶錄 2.348.1
關/陶錄 2.348.3	關/陶錄 2.348.4	關/陶錄 2.473.3	關/陶錄 2.473.6	關/後李二 4	關/後李二 5